KB009873

제인 에어

Jane Eyre

Bansok

옮긴이 **박선주**

- ■ 세종대국어국문학과와 이화여자대학교 통번역대학원 한불번역과 졸업
- ■ 기독교출판사와 아동문학출판사 편집부 근무, 현재는 영어, 불어 도서 번역
- ■ 번역 출간된 도서들
  - 프란츠와 클라라(문학동네)
  - 나에겐 네 명의 부모가 있어(해와나무)
  - 믿을 수만 있다면(홍성사)
  - 도서관생쥐 2, 3(푸른날개) 등

제인 에어

저 자 샬롯 브론테
발행인 고본화
발 행 반석출판사
2011년 4월 15일 초판 1쇄 인쇄
2011년 4월 20일 초판 1쇄 발행
반석출판사 | www.bansok.co.kr
이메일 | bansok@bansok.co.kr

157-779 서울시 강서구 염창동 240-21 우림블루나인 비즈니스센터 B동 904호
대표전화 02] 2093-3399 **팩 스** 02] 2093-3393
출 판 부 02] 2093-3395 **영업부** 02] 2093-3396
등록번호 제 315-2008-000033호

Copyright ⓒ 이원준

ISBN 978-89-7172-630-3 [03840]

값 6,000원

제인 에어

Jane Eyre

샬롯 브론테 지음
박선주 옮김

Bansok

작품 속으로

가난한 목사의 딸로 태어난 주인공 제인 에어는 어릴 때 부모님을 여의고 매정한 리드 숙모에게 맡겨진다. 리드 숙모와 조카들로부터 갖은 냉대와 멸시를 받다가 고아자선 단체인 로우드 학원으로 보내진다. 거기에서 상냥한 템플 선생님과 헬렌 번즈를 만나 인간으로서 갖춰야 할 사랑과 인내와 믿음을 알게 된다.

이 학원에서 육 년간을 보낸 뒤 교사로서 이 년을 근무하고, 로체스터 가(家)의 가정교사로 들어가게 된다. 그러던 중 손필드 저택의 주인인 로체스터에게 프로포즈를 받고, 그와 결혼하기로 결심한다. 단출하게 열린 결혼식장에서 제인은 로체스터에게 미친 아내가 있었음을 알게 된다. 그 충격으로 손필드를 나온다. 길거리에 헤매다, 배고픔에 쓰러진 그녀를 구해준 사람은 세인트 존 목사였다. 한동안 그의 집에서 몸을 의지하게 된다.

얼마 후 존이 제인의 사촌인 것이 알게 된다. 일 년 정도 그곳에서 보내며, 세인트 존이 결혼을 하고 인도에 함께 가자는 요청에 제인의 마음은 잠시 흔들린다. 그러나 존의 구혼을 받기 전, 제인은 로체스터가 자신을 부르는 소리를 듣고 집을 나온다.

로체스터를 방문한 제인은 화재로 폐허가 된 저택을 발견한다. 불을 지른 로체스터 부인이 옥상에서 떨어져 자살했다는 말을 들었고, 로체스터는 한 팔과 한쪽 눈을 잃은 것을 알게 된다. 제인 에어는 그녀를 진심으로 사랑하는 로체스터와 결혼해서 행복하게 살아간다.

등장 인물

_ **제인 에어** : 어렸을 때 매정한 리드 외숙모에게 맡겨져 모진 학대를 받는다. 고아 자선기관인 로우드 학원에서 훌륭한 여성으로 성장하여, 손필드 저택의 아델라의 가정교사로 들어간다. 거기서 로체스터를 만난다. 모든 역경을 극복하고 용기 있는 사랑을 한다.

_ **헬렌 번즈** : 책 읽기를 좋아하고 영혼이 맑은, 제인 에어의 단짝 친구이다. 폐결핵으로 13세의 나이에 일찍 죽는다.

_ **템플 선생님** : 로우드 학원의 선생님. 학생들에게 친절하고, 특히 제인이 잘 자랄 수 있게 많은 도움을 준다.

_ **로체스터** : 고집스런 성품을 가진 손필드 저택의 주인이다. 가정교사인 제인을 사랑하게 된다. 그녀에게 반해서 결혼하려 했지만 숨겨 둔 비밀이 밝혀져 뜻을 이루지 못한다. 하지만 떠나간 제인을 기다리다 결국 제인과 결혼하여 행복한 여생을 보낸다.

_ **리드 부인** : 제인의 외숙모이다. 귀부인으로 제인을 몹시 미워한다. 집안이 망하자 병으로 죽는다.

_ **아델라** : 제인의 제자이다. 공부를 싫어하지만 밝고 명랑한 성격 때문에 제인의 사랑을 받는다.

_ **앨리스 페어팩스** : 손필드 저택의 가정부. 제인에게는 살갑게 대하나 로체스터와의 약혼을 탐탁지 않게 생각한다.

_ **세인트 존** : 제인 에어의 사촌이다. 그녀의 아름답고 당당한 모습에 끌려 청혼을 하지만, 거절당하고 선교를 위해 인도로 떠난다.

Jane Eyre

Jane Eyre

Part

I

Chapter 1

그날은 산책을 나갈 것 같지 않았다. 저녁을 먹고 나자 찬 겨울바람이 음침한 구름을 몰고 왔고, 찬비가 몹시 내려서 더 이상 바깥 활동은 생각조차 할 수 없었다.

나는 좋았다. 오래 걷는 게, 특히 쌀쌀한 오후에는 산책하는 게 싫었기 때문이다. 땅거미가 질 즈음에 손가락과 발가락이 언 채로 집으로 돌아오는 게 지독히도 싫었다. 또 유모 베시가 꾸짖으면 나는 슬퍼졌고, 리드 가(家)의 삼 남매 엘리자와 존과 조지아나에 비해서 약한 나의 체력 때문에 스스로 초라하게 느껴졌다.

나는 객실 옆에 있는 거실로 슬며시 들어갔다. 창가에 놓인 의자로 올라가서 책상다리를 하고 앉았다. 마치 터키 사람처럼. 그리고 붉은색 모린[1] 커튼으로 창문을 거의 가려서 꼭꼭 틀어박혔다.

베위크의「영국 조류사」를 무릎 위에 올려놓은 채 나는 행복했다. 적어도 내 나름대로 행복했다. 아무것도 무서울 게 없었다. 그런데 너무 빨리 방해를 받게 되었다. 거실 문이 열렸다.

"도대체 어디 있는 거야?" 존 리드가 소리치는 게 들렸다.

"엘리자, 조지아나 (누나들을 불렀다), 여기에도 제인이 없어. 비가 오는데 밖으로 튀었다고 엄마한테 일러. 나쁜 계집애!"

'커튼을 치길 잘했다.' 하고 나는 생각했다. 하지만 엘리자가 문을 열고서 얼굴을 들이밀면서 단번에 말했다.

"분명히 창가 의자에 있을 거야, 존."

나는 바로 나와 버렸다. 존에게 끌려 나갈 생각을 하니 부들부들 떨렸기 때문이었다.

"왜 그래?" 어색하고 기가 죽어서 내가 물었다.

"'왜 그러세요, 리드 도련님?'이라고 말해. 이리 와 봐."
존은 이렇게 말하고는 내가 앉았던 의자에 앉았고, 나한테는 가까이 와서 앞에 서라고 손짓을 했다.

존 리드는 열네 살 먹은 남자애로, 열 살 밖에 안 된 나보다 네 살이 더 많았다. 그는 나이에 비해 덩치가 크고 통통했지만 피부가 거무칙칙했고 건강해 보이지 않았다. 그를 가르치는 마일즈 선생님은 집에서 케이크와 사탕을 조금만 덜 보내 주면, 학생의 건강이 훨씬 나아질 것이라고 장담했었다.

"커튼 뒤에 숨어서 뭐하고 있었어?" 그가 물었다.

"책 읽고 있었어."

"너는 우리 책을 볼 권리가 없어. 넌 식충이라고 엄마가 그랬어. 너희 아빠가 한 푼도 남기지 않았기 때문에 넌 구걸하면서 살아야 하는 게 당연해. 너는 우리 같은 귀족 아이들하고 살면서 우리랑 똑같이 먹고, 우리 엄마 돈으로 옷을 입으면 안 된다고. 내 책장을 뒤졌으니까 혼쭐이 빠지게 해 주겠어. 왜냐하면 그것은 내 것이니까. 이 집에 있는 것들은 다 내 거야. 몇 년 있으면 다 내 것이 돼. 저쪽 문가로 가서 서. 거울과 창문에서 멀리 떨어져서 말이야."

나는 존이 무엇을 하려는지 처음에는 알아차리지 못하고,

그가 하라는 대로 했다. 그러나 그가 책을 집어 들어 균형을 잡고서 던질 태세로 일어서자 나는 본능적으로 공포에 질려 소리를 지르며 옆으로 비켰다. 그렇지만 나는 재빠르지 못했다. 나는 그가 내던진 책에 맞아 넘어지면서 문에 머리를 찧었다. 내 머리는 찢어졌다.

"아주 못되고 잔인한 녀석! 너는 살인자나 마찬가지야. 너는 노예 감독자고, 로마 황제들과 똑같아." 하고 내가 소리쳤다.

"뭐라고? 뭐라고?" 하고 존은 외쳤다.

"그런 걸 나에게 말해? 엘리자, 조지아나, 제인이 말한 것 들었지? 엄마한테 말하지 않을 거 같아? 그러나 우선 ……,"'

그가 내게 달려들어서 내 머리와 어깨를 움켜쥐었다. 아주 내게 필사적으로 달라붙었다. 그는 정말 폭군, 살인자 같았다. 내 머리에서 피 한두 방울이 목으로 흐르는 것이 느껴졌고, 머리가 무엇으로 찌르는 듯이 아팠다. 나는 내손으로 어떻게 했는지도 몰랐는데, 그가 "젠장! 젠장!" 하고 소리치며 크게 울부짖었다.

"이런! 이런! 우리 존 도련님한테 달려들다니!"

이어서 리드 부인이 덧붙였다.

"저 애를 빨간 방으로 데려가서 문을 잠가 버려." 즉시 네 개의 손들이 내게 달라붙어서 나를 위층으로 옮겼다.

1) 커튼 등에 쓰이는 모직물

Chapter 2

'불공평해! 불공평해!' 하고 나는 생각했다.

햇빛이 빨간 방을 빠져나가기 시작했다. 네 시가 지났고, 흐린 오후의 음울한 땅거미가 지고 있었다. 난간을 따라서 난 창문을 빗줄기가 계속해서 내리치는 소리가 들렸고, 복도 뒤에 있는 작은 수풀에서 바람이 울부짖었다. 나는 점점 돌 처럼 차가워졌고 용기도 사라졌다.

나는 리드 삼촌이 기억나지 않는다. 그러나 그가 내 엄마 의 오빠로서 나의 삼촌이고, 삼촌이 부모 잃은 젖먹이였던 나를 이 집으로 데려오셨다. 그리고 삼촌께서 돌아가시기 바 로 전날 밤에 외숙모한테 나를 자기 아이들과 똑같이 기르고 돌보겠다고 약속하게 했다는 것을 나는 안다.

나는 앉아서 흰 침대와 그늘이 드리워진 벽을 보자 죽은 사람들에 대해서 들었던 이야기들이 떠올랐다. 마지막 소원이 이루어지지 않아서 무덤 속에서 괴로워하다가 세상으로 돌아오고, 거짓 맹세한 사람을 벌주고, 억압받는 사람을 대신해서 복수를 해 주는 이야기들 말이다. 나는 리드 삼촌의 혼령이 조카의 잘못들을 보고 괴로워서 묻혀 있던 곳을 떠나와 이 방에 있는 내 앞으로 떠오르고 있다는 생각이 들었다. 나는 고개를 들어서 어두운 방 안을 용기를 내어 둘러보았다. 바로 그때, 어슴푸레한 한 줄기 빛이 벽을 비췄다. 내 심장이 무겁게 뛰고 머리가 뜨거워졌다. 어떤 소리가 내 귀에 가득 찼는데 그것은 날개가 퍼덕이는 소리 같았다. 무엇인가가 내 곁에 있는 듯했다. 나는 답답했고 숨이 막혔다. 내 인내력의 끝이었다. 나는 문으로 달려가 자물쇠를 마구 흔들어댔다. 복도 바깥에서 달려오는 발소리가 들렸고, 열쇠가 돌아갔다. 베시가 들어왔다.

"에어, 어디 아프니?" 베시가 물었다.

"내보내 줘! 유모 방으로 가게 해 줘!" 내가 소리쳤다.

"이게 무슨 소란이야?" 단호하게 묻는 소리에 이어서 외숙모가 복도로 왔다. "베시, 내가 직접 올 때까지 제인 에어를 빨간 방에 두라고 했을 텐데."

"오, 외숙모! 제발요! 용서해 주세요! 이건 못 참겠어요. 차라리, 다른 벌을 주세요! 안 그러면 죽을 것……."

"조용! 아주 형편없이 소란을 피우는구나."

베시는 더 이상 아무 말 하지 않고 나를 안으로 밀어 넣고는 문을 잠갔다.

Chapter 3

그 다음에 기억나는 것은, 마치 내가 아주 무서운 악몽을 꾼 듯한 기분으로 잠에서 깨었고, 눈앞에서 번쩍이는 붉은 빛과 두꺼운 검정색의 막대기들이 교차되는 모습을 보았다는 것이다. 나는 머리를 베개 아니, 어떤 팔에 기대니 편안했다.

게이츠헤드[1] 사람도 아니고, 리드 외숙모와도 관련이 없는 낯선 사람이 방에 있다는 것을 알게 되니까 뭐라고 표현할 수 없는 안도감, 내가 보호받고 안전하다는 위로와 확신이 들었다. 나는 남자의 얼굴을 유심히 바라보았다. 아는 사람이었다. 그는 약제사 로이드 씨였다. 때때로 하인들이 아플 때 외숙모가 불렀었다. 하지만 외숙모나 자기 아이들이 아플 때는 의사를 불렀다.

"잠을 잘 잘 수 있을 것 같나요, 아가씨?" 베시가 꽤 부드럽게 물었다.

"그렇게 해 볼게." 나는 간신히 대답했다. 베시의 다음 말이 거칠 듯해서 겁이 났기 때문이다.

착한 약제사는 조금 어리둥절한 듯했다. 나를 천천히 바라보더니 물었다.

"어제는 왜 아팠니?"

"넘어졌어요." 베시가 또 다시 참견했다.

"넘어졌다고! 왜, 다시 아기가 됐나! 그 나이에 제대로 걷지를 못하나? 한 여덟이나 아홉 살쯤 되었을 텐데."

"맞아서 넘어졌어요." 또 다시 자존심에 상처를 입고 마음이 상한 내가 퉁명스럽게 설명했다. "하지만 그것 때문에 아팠던 것은 아니에요."

나는 이 질문에, 얼마나, 전부 다 대답하고 싶었던지! 아이들은 다 느끼지만 자신의 감정을 제대로 분석하지는 못한다. 그리고 그 분석이 부분적으로라도 머릿속에서 이루어졌다 하더라도, 그 분석의 결과를 말로써 어떻게 표현해야 하는지 알지 못한다. 그래도 나는 빈약하긴 했지만 사실을 용케 표현했다.

"하나 더 말씀드리면, 내게는 엄마나 아빠도, 형제자매도 없어요."

"그래도 좋은 외숙모와 사촌들이 있잖니."

나는 잠시 멈칫하고 서툴렀지만 이어서 말했다.

"존 리드가 날 넘어지게 했고, 외숙모가 나를 빨간 방에 가뒀어요."

"너는 게이츠헤드 저택이 아주 좋은 집이라고 생각하지 않니? 이렇게 좋은 곳에서 사는데 고맙게 생각하지도 않아?" 로이드 씨가 물었다.

"여기는 내 집이 아니에요, 아저씨. 그리고 나는 이 집에 대해서 하녀보다도 더 권리가 없대요. 나한테 갈 만한 다른 곳이 있다면 나는 이 집을 기쁘게 떠날 거예요. 그러나 어른이 될 때까지는 절대로 게이츠헤드를 떠날 수 없을 거예요."

"너, 학교에 가고 싶니?"

나는 또 생각해 보았다. 학교가 어떤 곳인지 아는 게 거의 없었기 때문이다. 존 리드는 학교를 싫어했고, 선생님들에 대해서 욕을 했다. 그러나 존 리드의 취향은 나랑은 맞지 않았다. 그리고 학교 규율에 대해서 베시가 해 준 설명은 어느 정도 끔찍하기는 했지만, 어린 숙녀들이 이룬 어떤 성과들에 대해서 해 준 자세한 이야기에는 또 마음이 끌린다는 생각이 들었다. 베시는 그 숙녀들이 그린 멋진 풍경화와 꽃 그림들과 그들이 부르는 노래들과 직접 하는 연극들, 손수 짜는 지갑들, 번역하는 프랑스 책들을 자랑했었다. 그 이야기를 들었을 때 나는 경쟁심이 생겼었다. 게다가 학교는 나에게 완전한 변화를 줄 수 있을 것이었다. 학교란 내게 긴 여행과 게이츠헤드와의 완전한 분리와 새 삶으로 들어감을 의미했다.

"학교에 정말 가고 싶어요." 이것이 긴 생각 끝에 내린 나의 대답이었다.

나는 로이드 약제사와 이야기를 나눈 뒤로는 희망을 가졌고, 상황이 나아질 것에 대해 기대했다. 곧 변화가 올 것 같았다. 나는 고대하며 조용히 기다렸다. 그러나 그것은 늦어졌다. 며칠이 지나고 몇 주가 지나서, 나는 평상시의 건강을 되찾았지만 내가 품고 있는 일에 대해서는 새로운 낌새가 보이지 않았다. 외숙모는 때때로 엄한 눈초리로 나를 살펴보았

지만 거의 말씀을 하지 않으셨다.

11월, 12월이 갔고, 1월도 반이 지났다. 게이츠헤드에서도 크리스마스와 설날을 축하했다. 사람들은 선물들을 주고받았고, 만찬이 있었으며, 저녁 파티도 열렸다. 물론 나는 이 모든 즐거움에서 제외되었다.

1) 영국 타인위어 주에 있는 도시

Chapter 4

1월 19일 아침 5시, 종이 막 쳤을 때 베시가 양초를 하나 들고서 내가 있는 벽장으로 올라왔고, 나는 벌써 일어나서 옷을 거의 다 입고 있었다. 나는 베시가 올라오기 30분 전에 일어나서 막 뜨기 시작한 반달이 비추는 빛에 세수를 하고, 옷을 입었다. 달빛은 내 방에 난 좁은 창을 통해 흘러들어 왔다. 나는 바로 그날 아침 6시에 문지기 집의 문 앞을 지나는 마차를 타고 게이츠헤드를 떠날 참이었다. 리드 외숙모 방을 지날 때 베시가 말했다. "들어가서 마님께 작별 인사를 드리 겠니?"

"아니야, 베시. 어젯밤에 베시가 저녁 먹으러 아래층에 내려갔을 때 외숙모가 여기로 올라와서는 아침에 외숙모나 사촌들을 깨울 필요는 없다고 말씀했어."

"게이츠헤드야 안녕!" 나는 복도를 지나 현관을 나와서 소리쳤다.

학교까지 가는 동안의 여정에 대해서는 기억나는 게 거의 없다. 단지 그날은 길이 초자연적으로 길었던 것 같고, 수백 마일을 지나갔던 것 같다. 나는 여러 마을들을 통과했다.

나는 그리 오래 자지는 않았는데 갑자기 움직임이 멈추어서 잠에서 깨어났다. 마차 문이 열려 있었고, 하녀처럼 보이는 사람이 거기에 서 있었다. 나는 등불에 비치는 그녀의 얼굴과 옷을 보았다.

"여기, 제인 에어라는 여자 아이가 있나요?" 그녀가 물었다. 나는 "예" 하고 대답했고, 누군가에게 들려서 마차에서 내려졌다. 내 가방이 건네지고 나자 마차는 곧, 다시 떠났다.

창문이 많고 몇몇 창을 통해서 불빛이 비춰 나오는 집, 아니 집들—건물이 널리 퍼져 있었으므로—이 보였다. 우리는 젖어서 첨벙거리는 자갈이 깔린 넓은 길을 따라서 걸어 올라갔고, 문 앞에 이르렀다. 하녀는 나를 불이 피워진 방으로 안내하고 나서, 나만 혼자 두고 갔다.

나는 밀러 선생님이라는 숙녀를 따라서 넓지만 고르지 못한, 건물의 방들과 복도들을 지났다. 마침내 우리는 넓고 긴 방으로 들어갔다. 그곳에는 책상들이 많이 있었는데 각각의 탁자 위에는 초가 두 개씩 켜져 있었고, 둘레의 긴 의자들에는 아홉 살에서 열 살 또는 열두 살에 이르는 소녀들이 앉아 있었다. 양초의 흐릿한 불빛에 보이는 그들은, 실제로는 80명이 넘지 않았지만 내게는 셀 수 없이 많은 듯했다. 그들은 모두 똑같이 옛날 스타일의 갈색 드레스 같은 것을 입고, 네덜란드 식의 긴 앞치마를 걸치고 있었다. 공부 시간이었다. 그들은 내일 과제에 대해서 서로 묻고 있었고, 내가 들었던 웅성거림은 그들이 반복해서 속삭이는 소리들이었다.

밀러 선생님이 나에게 문에서 가까운 한 의자에 앉으라고 손짓을 하고는 긴 방 앞으로 걸어가서 소리쳤다.

"학급위원들, 교과서를 모아서 치우세요!"

키 큰 소녀들 넷이 각자 다른 책상 앞에서 일어나더니, 돌아다니면서 책들을 모아서 치웠다. 밀러 선생님이 다시 명령했다.

"학급위원들, 음식 쟁반을 가져오세요!"

키 큰 소녀들은 나갔다가 곧 다시 들어왔다. 각자가 뭔가

음식을 담은 쟁반을 들고 왔다. 나는 음식이 무엇인지는 몰랐지만 각각의 쟁반 가운데에는 물 한 병과 머그잔이 있었다. 음식이 1인분씩 돌려졌고, 물 한 모금을 마시고 싶은 사람들은 머그잔을 공동으로 사용했다. 내 차례가 왔을 때, 나는 목이 말라서 물을 마셨지만 음식은 손도 대지 않았다. 흥분과 피곤 때문에 먹을 수가 없었던 것이다. 그래도 이제는, 나온 음식이 조각씩 나눠진 얇은 귀리 케이크인 것을 보았다.

식사가 끝나자 밀러 선생님이 기도문을 읽었고, 학생들은 두 명씩 줄을 서서 위층으로 올라갔다. 나는 그때쯤에 피로가 몰려와서 침실이 어떠한지는 거의 눈여겨볼 수 없었다. 단지 침실도 교실과 마찬가지로 아주 길다는 것은 알 수 있었다. 오늘 밤 나는 밀러 선생님 침대에서 선생님과 같이 자야 했다. 내가 옷을 벗는 것을 선생님께서 도와주셨다. 자리에 눕고 나자 침대들이 길게 열을 지어 있는 것이 보였다. 각 침대마다 곧 아이들이 두 명씩 채워졌다. 10분 뒤에는 하나 남은 불빛도 꺼졌고, 조용하고 아주 깜깜한 가운데서 나는 잠이 들었다.

이제 일과가 시작되었다. 그날의 기도문이 반복해서 읽혀졌고, 성경 구절이 읽혀졌다. 이렇게 성경 구절들을 연이어서 길게 읽는 일이 한 시간 동안 지속되었다. 성경 읽기가 끝

날 때에는 날이 완전히 밝았다. 지칠 줄 모르는 종은 이제 4번째로 울렸다. 학생들은 줄을 지어서 아침 식사를 하러 다른 방으로 걸어갔다. 뭔가를 먹을 것이라는 기대를 하게 되어서 나는 얼마나 기뻤던지! 나는 전날에 거의 아무것도 먹지 못했기 때문에 기아 상태에 가까웠던 것이다.

　나는 아직 아무하고도 말을 하지 않았다. 아무도 나를 주목하지도 않았다. 나는 충분히 혼자 있었지만 이런 외로움에 익숙했기 때문에 그렇게 우울하지는 않았다. 나는 내가 어디에 있는지 아직 실감이 나지 않았다. 게이츠헤드와 나의 옛 생활이 아주 멀리 떠내려가는 것 같았다. 현재는 모호하고 낯설었고, 미래에 대해서는 어떤 추측도 할 수 없었다. 나는 수녀원 같은 뜰과 집을 둘러보았다. 반은 오래되고 회색빛이었고, 나머지 반은 새 것 같은 큰 건물이었다. 교실과 기숙사가 있는 새로 지은 듯한 건물은, 중간 문설주와 격자가 있는 창들에서 불빛이 흘러나와서 마치 교회 같은 느낌이 들었다. 문 너머에 있는 돌 판에 다음과 같은 명문이 씌어 있었다.

　"로우드 학원. – 이 건물은 서기 … 에 나오미 브로클허스트에 의해서 다시 지어짐." "이같이 그대의 빛을 사람 앞에 비치게 하여 저희로 너희 착한 행실을 보고 하늘에 계신 너희 아버지께 영광을 돌리게 하라." – 마태복음 5장 16절.

나는 이 글을 읽고 또 읽고 있다가 내 뒤, 가까이에서 나는 기침 소리에 고개를 돌렸다. 한 여자 아이가 가까이에 있는 돌 의자에 앉아 있었다. 그 아이는 책에 고개를 숙인 채 아주 몰두해서 정독하고 있었다. 내가 서 있는 자리에서 책 제목을 볼 수 있었다. 책은 「라셀라스」였는데 내게는 아주 낯설었고, 그래서 아주 끌렸다. 그 아이가 책장을 넘기다가 고개를 들었을 때 내가 재빨리 말했다.

"그 책 재미있니?" 나는 벌써, 언젠가는 그 책을 내게 빌려 달라는 의도로 물었다.

"응." 그 애는 1, 2초간 나를 살펴보고 나서 대답했다.

"무슨 책이야?" 하며 나는 계속 물었다.

"한 번 봐." 하며 소녀는 책을 내밀었다.

나는 그렇게 했다. 잠깐 살펴보았는데, 내용은 제목보다는 덜 끌렸다. 내 사소한 취향에는 「라셀라스」라는 제목은 지루해 보였다. 나는 책을 돌려주었다. 소녀는 아무 말 없이 재빨리 책을 받고는 이전의 열중해서 책을 읽던 모양으로 돌아가려고 했다. 내가 또 물었다.

"문 너머 돌 판에 씌어 있는 말이 무슨 뜻인지 알아? 로우드 학원이 무슨 뜻이야?"

"네가 살려고 온 이 건물을 말해."

"왜 학원이라고 불러? 학교랑은 다른 거야?"

"부분적으로는 자선 학교라고 할 수 있어. 너와 나를 포함해서 여기 있는 우리 모두는 구호를 받는 아이들이야. 너도 고아겠지. 너희 아빠와 엄마가 모두 돌아가셨니?"

"두 분 다 아주 오래 전에 돌아가셨어."

"여기에 있는 아이들은 모두 부모님이 한 분 아니면 두 분 다 돌아가셨어. 그래서 이곳은 고아들을 가르치는 학원이라고 불러."

"우리는 돈을 안 내? 여기서는 돈을 안 받아?"

"우리, 아니면 우리를 아는 사람들이 한 아이당 1년에 15파운드를 내."

"그런데 왜 우리를 구호를 받는 아이들이라고 해?"

"그건, 15파운드로는 우리를 먹이고 가르치는 데 부족해서 기부금을 받아 보태기 때문이야."

"누가 기부하는데?"

"자애로운 마음을 가진, 이 지역이나 런던에 사는 많은 신사와 숙녀들."

"나오미 브로클허스트가 누구야?"

"돌 판에 씌어 있듯이 새 건물을 지은 부인이야. 그래서 그 부인의 아들이 이곳의 모든 일을 감독하고 지시하고 있어."

"왜?"

"왜냐하면 그가 이 학원의 회계사이고 관리자이기 때문이야."

"그렇다면 이 집은 손목시계를 찬 그, 키 큰 선생님 것이 아니야?"

"템플 선생님 말이니? 오, 아니야! 나도 학교가 그 선생님 것이면 좋겠지만, 선생님은 모든 것을 브로클허스트 씨한테 다 알려야 돼. 브로클허스트 씨가 우리의 음식과 옷을 다 사거든."

"그 키 큰 선생님이, 템플 선생님이야?"

"응."

"넌 선생님들이 다 좋니?"

"그런대로."

"그, 이름이 뭐더라 키 작은 흑인 선생님도 좋으니? 난 너처럼 이름도 발음하기가 어려워."

"스캐처드 선생님께서는 성미가 급하셔. 너도 그 선생님의 기분을 건드리지 않도록 조심해. 피에로 선생님은 그렇게 나쁘지 않아."

"템플 선생님이 제일 좋지, 안 그래?"

"템플 선생님께서는 아주 좋은 분이시고 또 아주 똑똑하셔. 그 선생님은 다른 선생님들보다 위에 계셔. 그들보다 훨씬 더 많이 아시거든."

"너, 여기에 얼마나 있었니?"

"2년 됐어."

"너도 고아니?"

"엄마만 돌아가셨어."

"여기 있는 게 좋으니?"

"너는 참 질문이 많다. 지금까지 충분히 대답했으니, 이제부터 나는 책 읽을래."

Chapter 5

나는 처음에는 외우는 것에 익숙하지 않아서 수업이 길고 어려운 것 같았다. 이 과목에서 저 과목으로 자주 바뀌는 것도 어리둥절했고. 그래서 오후 3시쯤에 스미스 선생님이 내 손에 2야드 되는 모슬린[1] 옷감과 바늘, 골무 등을 주고서는 조용한 교실 한 구석에 앉아 있으라고 했을 때, 나는 기뻤다.

그때는 학생들 대부분이 비슷하게 바느질을 하고 있었다. 그러나 스캐처드 선생님 반 아이들은 여전히 선생님 주변에 둘러앉아서 책을 읽고 있었다. 주변이 조용했기 때문에 그들이 읽는 과목과 각 학생들이 읽는 방식과 그것에 대한 스캐처드 선생님의 비판 또는 칭찬도 나는 들을 수 있었다. 그들이 읽는 과목은 영국사였다. 나는 학생들 중에서 아는 얼굴을 지켜보았다. 수업을 시작할 때 그 아이는 반에서 제일 높은 자리에 앉았었는데, 몇 군데에서 발음이 틀렸고 아니면 조심하지 않아서 읽기를 멈췄다. 그래서 한순간에 제일 밑으로 내려갔다. 그 아이가 구석 자리에 있어도, 스캐처드 선생님은 계속해서 그 아이에게 신경을 썼고 지적하는 말들을 하셨다.

그 반 아이들은 한 장을 두 번째 읽고 나서 책을 덮고 시험을 보았다. 찰스 1세의 통치에 관한 부분이었는데 무게나 금액, 선박세 같은 잡다한 것들에 대한 질문들이 있었다. 내게는 대부분 대답할 수 없을 것 같은 질문들이었지만 번즈에게 차례가 왔을 때는 모든 어려운 문제들이 즉시 풀렸다. 번즈는 머릿속에 모든 과목을 다 담고 있는 듯했고, 모든 질문에 답할 준비가 되어 있었다. 나는 스캐처드 선생님이 번즈의 집중력에 대해서 칭찬해 줄 것이라고 기대했다. 그러나 그 대신에 선생님은 별안간 소리를 지르셨다.

"아이 더러워, 학생이 불결하기는! 너, 오늘 아침에 손톱을 닦지 않았구나!"

번즈는 아무 말도 하지 않았다. 나는 번즈가 아무 말도 하지 않는 것에 놀랐다. '물이 얼어서 손톱은 물론이고 세수도 할 수 없었다고 왜 말하지 않지?' 하고 나는 생각했다.

"뻔뻔한 것! 너의 그 칠칠치 못한 버릇은 무엇으로도 고치지 못할 거야. 회초리 가져 와." 스캐처드 선생님은 소리쳤다.

번즈는 그렇게 했다. 나는 그 애가 책장까지 갔다가 돌아오는 모습을 주의 깊게 바라보았다. 번즈는 손수건을 막 자기 주머니에 넣었고, 그 애의 여윈 뺨에는 눈물 자국이 반짝였다.

스캐처드 선생님이 번즈를 회초리로 때린 날 저녁에 나는 늘 그렇듯이 책상들 사이와 몇몇이 모여서 웃어 대는 학생들 사이를 혼자서, 그러나 외롭다는 생각 없이 돌아다녔다.

나는 학생들을 지나거나 책상 밑을 기어서 앞으로 갔다. 거기에서 나는, 주변의 모든 것에서 떨어져 나와 조용히 책에 빠져 있는 번즈를 보았다. 그 애는 잉걸불의 흐릿한 불빛에 책을 읽고 있었다.

"「라셀라스」야?" 내가 번즈의 뒤로 가서 물었다.

"응, 지금 막 다 읽었어." 하고 번즈가 대답했다.

그리고 나서 번즈는 10분 더 있다가 책을 덮었다. 나는 기뻤다. '이제는 이 애와 얘기할 수 있겠다.' 하고 생각한 나는 그 애 옆, 마룻바닥에 앉았다.

"네 이름이 번즈 뭐야?"

"헬렌이야."

"넌 로우드를 떠나고 싶겠지?"

"아니! 왜 내가 떠나고 싶겠어? 나는 로우드에 교육을 받으려고 왔어. 그래서 목적을 이루기 전에 떠나는 것은 쓸데없는 짓이야."

"하지만 스캐처드 선생님이 너한테 참 잔인하잖아?"

"잔인하다고? 그렇지 않아! 선생님께서는 엄하신 거야. 내 잘못들을 싫어하시는 거야."

"내가 너라면 그 선생님을 싫어할 거야. 그리고 선생님한테 대들었을 거야. 나를 회초리로 때리면 회초리를 빼앗아서 선생님 바로 앞에서 그것을 부러뜨려 버릴 거야."

"아마 그렇게는 못할 거야. 그렇게 한다면, 브로클허스트 씨가 널 학교에서 내쫓을 거야. 그러면 너는 네 친척들한테 큰 슬픔을 안겨 주게 되는 거야. 성급하게 행동해서 너와 관련된 모든 사람한테 나쁜 결과를 끼치기보다는, 다른 사람 누구에게도 미치지 않고 너한테만 오는 아픔을 조용히 견디는 게 훨씬 나아. 게다가 성경은 악을 선으로 갚으라고 말씀하고 있어."

"하지만 많은 사람들 앞에서 회초리로 맞고 교실 한가운데 서 있는 일은 참 부끄러울 것 같아. 너는 참 대단해. 나는 너보다 훨씬 어려서 그런지 몰라도, 그런 것은 절대로 못 참아."

"그것을 견디는 게 너의 의무이고, 또 그것을 피할 수 없는데도 너한테 견디라고 주어진 운명을 참을 수 없다고 말하는 것은 나약하고 어리석어."

나는 경탄하면서 헬렌의 말을 들었다. 인내에 대한 그 애의 이러한 신조를 이해할 수 없었고, 자기를 꾸짖은 사람에게 보이는 관대함에 대해서는 더욱 더 이해가 가지 않았으며 지지하지도 않았다. 그래도 내 눈에 헬렌 번즈는 어떤 보이지 않는 빛에 비추어서 상황을 생각하는 것 같았다. 나는 그 애가 맞고 내가 틀릴지 모른다는 의심이 들었다. 하지만 나는 문제를 깊이 생각하는 성향이 아니어서 이 문제는 더 좋은 때 생각하기로 하고 미뤄 두기로 했다.

"헬렌, 네가 잘못했다고 했는데, 뭘 잘못했어? 내가 볼 땐 너는 참 좋은 아이인데."

"그렇다면 나한테 배워야겠네. 겉모습만 보고 판단하지 말고. 나는, 스캐처드 선생님 말씀대로 칠칠치 못해. 물건을 질서정연하게 정리하지 못하지. 부주의하고, 규칙을 잘 잊어버려. 수업 시간에 책을 읽는 등, 규칙이 없어. 그리고 때로는 나도 너처럼, 질서 있게 정돈해야 하는 것을 못 참겠다고 말하기도 해. 이런 것들이 모두 스캐처드 선생님을 화나게 하는 거야. 선생님은 천성적으로 깔끔하고 시간을 딱 지키며 까다로우시거든."

"템플 선생님도 스캐처드 선생님처럼 너한테 엄하시니?"

템플 선생님이라는 말을 듣자 헬렌의 진지한 얼굴에 부드러운 미소가 스쳤다.

"템플 선생님은 선으로 가득 차신 분이야. 그분은 누구에게든, 심지어 학교에서 가장 나쁜 사람에게도 엄하게 하는 것을 고통스러워하셔. 나의 실수들을 보시고는 부드럽게 지적해 주시지. 그리고 내가 조금이라도 가치 있는 일을 하면 아주 후하게 보상해 주셔."

"템플 선생님께서 가르치실 때에도 네 생각이 여기저기로 떠돌아다니니?"

"아니, 거의 그렇지 않아. 템플 선생님은 보통 내가 생각하는 것보다 훨씬 더 새로운 것을 말씀해 주시지. 선생님의 언어는 나를 아주 기분 좋게 하고, 선생님이 전해 주는 이야기는 내가 꼭 얻고 싶었던 것일 때가 많아."

"그렇구나. 템플 선생님께는 좋은 학생이겠지?"

"응. 소극적인 면에서 말이야. 그러니까 난 아무런 노력을 하지 않고 기분이 이끄는 대로 따라가. 그러한 선량함을 얻는 데에 어떤 자격이 있는 것은 아니거든."

"있어. 너도 너에게 잘하는 사람들에게 잘하잖아. 내가 바라는 것도 그게 다야. 사람들이 잔인하고 부당한 사람들한테도 언제나 친절하고 순종적이면, 나쁜 사람들은 늘 그렇게 행동할 거야. 그들은 무서워하는 게 없어서 절대로 바뀌지 않을 거야. 더욱 더 나빠지기만 할 거야. 우리가 아무 이유 없이 맞으면, 우리는 더 세게 돌려 줘야 해. 나는 그렇게 해야 한다고 확신해. 우리를 때린 사람들이 다시는 그렇게 하지 못하게 가르칠 수 있도록 아주 세게 말이야."

"네 생각을 바꾸게 되길 바란다. 네가 더 나이가 들면 말이야. 아직 넌 어리고 배우지 못한 아이이니까."

"하지만 헬렌, 난 이렇게 생각해. 내가 그들을 기쁘게 하려고 무슨 일을 해도 계속 날 싫어하기만 하는 사람들을 나도 싫어해야 하고, 부당하게 내게 벌을 주는 사람들에게 저항해야 한다고 말이야. 나에게 애정을 보이는 사람들을 사랑하고, 내가 그럴 만하다고 느낄 때 벌을 받는 게 자연스럽잖아."

"야만적이고 미개한 종족들은 그런 주의를 갖고 있지만, 그리스도인과 문명화된 나라에서는 그렇지 않아."

"어떻게? 난 이해가 안 돼."

"미움을 이길 수 있는 최선은 폭력이 아니고, 상처를 가장 확실하게 치유할 수 있는 것은 복수가 아니야."

"그럼 뭐야?"

"신약성경을 읽고, 예수 그리스도께서 하시는 말씀과, 그분이 하시는 행동을 연구해 봐. 그분의 말씀을 너의 규칙으로 삼고, 그분의 행동을 너의 본보기로 삼아."

"그분이 뭐라고 말했는데?"

"너의 적을 사랑하고, 너를 저주하는 사람들을 축복하고, 너를 미워하고 너를 심술궂게 이용하는 사람들을 도우라고 말씀하셨어."

"그렇다면 나는 리드 부인을 사랑해야 하는데, 난 그렇게 할 수 없어. 그의 아들 존을 축복해야 하는데, 그것은 불가능해."

이번에는 헬렌 번즈가 나에게 자세히 얘기해 달라고 했고, 나는 곧 나의 고통스럽고 억울한 이야기를 내 방식대로 쏟아냈다.

헬렌은 내 말을 참을성 있게 끝까지 들어 주었다. 나는 헬렌이 그들에 대해서 뭐라고 지적하기를 기대했지만 그 애는 아무 말도 하지 않았다.

"그러니까, 리드 부인은 무정하고 나쁜 여자이지 않아?" 내가 기다리다 못해 물었다.

"그녀는 너한테 불친절했어, 확실히. 왜냐하면 너도 알듯이 그녀가 너의 성격을 싫어하기 때문이야. 스캐처드 선생님이 내 성격을 싫어하는 것과 같이 말이야. 그런데, 어떻게 너는 그녀가 너에게 행하고 말한 모든 것을 다 자세하게 기억하지! 그녀의 부당함이 네 마음에 그렇게 깊이 새겨졌다니! 그녀의 혹독함을 잊으려고 노력해야 행복해지지 않겠니? 나에게 인생은 적대감을 품거나 잘못들을 기록하며 보내기에는 너무 짧아. 우리 한 사람 한 사람은, 그리고 모두는 이 세상의 결점들을 짊어지고 있고, 또 그래야 해. 하지만 우리의 썩어 가는 육신을 벗어 버림으로써 그것들도 벗어 버리는 때가 곧 올 거라고 나는 믿어. 그때는 타락과 죄가 우리에게서 이 육신의 무거운 틀과 함께 떨어져 나가고, 오직 영혼의 불꽃만 남게 될 거야."

언제나 아래로 고개를 숙이고 있는 헬렌은 이 말을 끝낼 때는 고개를 더 아래로 숙였다. 나는 헬렌의 눈길에서 나랑 더 얘기하고 싶지 않고 자기 자신의 생각과 대화를 나누고 싶어 하는 마음을 보았다.

---

1) 레이온 따위로 엮은 얇고 깔깔한 편직물

Chapter 6

로우드에서 보낸 첫 3개월이 오랜 시간처럼 느껴졌다. 그때가 황금기는 아니었다. 나는 새로운 규칙들과 뜻밖의 과제들에 적응하느라 힘들고 짜증도 났다. 이런 것들에서 실패할지도 모른다는 두려움이 육체적인 고됨보다 더 나를 괴롭혔다. 그런데 그것들도 하찮은 것이 아니었다.

1월과 2월 그리고 3월이 어느 정도 지날 때까지 눈이 많이 쌓였고, 눈이 녹은 다음에 길은 거의 지나다닐 수 없는 지경이어서 우리는 교회에 갈 때를 빼고는 벽 화단 너머로는 나가지 못했다. 이 경계 안에서 우리는 날마다 바깥 공기를 쐬며 한 시간을 보내야 했다. 우리가 입고 있는 옷은 혹독한 추위에서 우리를 보호하기에 충분하지 못했다. 부츠가 없어서, 신발 속으로 눈이 들어와 안에서 녹았다. 장갑도 끼지 못한 우리의 손은 얼어서 동상이 걸렸다. 발도 마찬가지였다.

일요일은 겨울 중에서도 음울한 날들이었다. 우리는 후원자가 공무를 수행하는 브로클브리지 교회까지 2마일을 걸어가야 했다. 우리는 추위에 출발해서 더 추운 교회에 도착했다. 아침 예배를 드리는 동안 우리는 거의 마비가 되었다. 또 저녁 식사 때 돌아오는 길이 너무 멀었기 때문에 저녁 예배를 드리기 전에 우리에게 찬 고기와 빵이 제공되었다. 그 식사의 양은 우리에게 날마다 제공되는 음식과 마찬가지로 아주 적었다.

오후 예배가 끝나면 우리는 바깥, 언덕이 많은 길을 걸어서 돌아왔다. 그 길에는 매서운 겨울바람이 북쪽의 눈 덮인 산 정상의 줄기를 따라서 불어와서는 우리의 얼굴 살갖을 거의 벗겨 내는 듯했다.

나는 템플 선생님이 늘어진 우리의 대열을 따라서 가볍고 빠르게 걷던 모습이 기억난다. 선생님의 격자무늬 망토는 쌀쌀한 바람에 펄럭였다. 선생님은 우리를 자신에게 가까이 모이게 하고는, "충실한 병사들처럼"이라고 말씀하시면서 기운을 내게 해 주셨고, 앞서 걸으면서 본을 보이며 격려해 주셨다. 안쓰럽게도 다른 선생님들은 보통, 다른 사람을 격려할 시도를 하기에는 그들 자신이 너무 낙심해 있었다.

우리는 돌아가서 활활 타오르는 불빛과 온기를 얼마나 고대했던지! 그러나, 적어도 작은 아이들에게 이것은 거부되었다. 교실의 난로들은 곧바로 큰 여자아이들로 둘러싸였다. 그들 뒤에서 어린 아이들은 얼어붙은 팔을 긴 앞치마로 감싼 채 무리를 지어 쭈그리고 앉았다.

어느 날 오후(내가 로우드에 온 지 3주째였다), 나는 석판을 들고 앉아서 나눗셈의 답을 맞히다가 창밖으로 눈을 들어 딴 생각을 하고 있었는데, 어떤 사람이 막 지나가는 것을 보았다. 나는 거의 본능적으로 그 마른 체형의 윤곽이 누구인지 알아차렸고, 2분 뒤에 선생님들을 포함해서 모든 학생이 일제히 일어섰을 때는 이들이 이렇게 맞이하는 사람이 누구인지 확인하려고 바라볼 필요도 없었다. 긴 보폭으로 교실에 들어와서는, 역시 일어선 템플 선생님 옆에 선 검정색 기둥 같은 사람은 게이츠헤드의 난로 앞 깔개에서부터 나를 아주 기분 나쁘게 눈살을 찌푸리고 보았던 그 사람이었다. 맞다. 나는 그 기둥 같은 사람을 옆으로 흘깃 보았다. 내 생각이 맞았다. 그는 브로클허스트 씨였다.

그는 템플 선생님 옆에 섰다. 그가 템플 선생님 귀에다 대고 낮은 소리로 말하고 있었다. 내 악행에 대해서 폭로하고 있다고 나는 확신했다. 그리고 템플 선생님의 눈에 고통스러운 염려가 담긴 것도 보았다.

브로클허스트 씨와 템플 선생님이 이야기를 나누는 동안, 나는 내 자신의 안전을 위한 주의들을 소홀히 했다. 그가 유심히 살피는 것을 피할 수만 있었다면 안전할 수 있었을 것이라는 생각이 들었다. 뒤쪽에 앉은 나는 그의 눈길을 피하기 위해서 계산을 하느라 바쁜 척했고, 얼굴을 가릴 수 있게 석판을 들고 있었다. 만약 내 손에서 그 위험한 석판을 놓쳐서 큰 소리를 내며 떨어뜨려 곧바로 모든 사람의 시선을 끌지 않았던들 나는 주목을 받지 않았을 수도 있었다. 이제는 모든 게 끝났다는 것을 알았다. 나는 두 동강이 난 석판을 주우려고 몸을 숙이면서 최악을 대비해서 온 힘을 모았다. 드디어 올 게 왔다.

"조심성 없는 학생 같으니라고!" 브로클허스트 씨가 말했다. 그러고는 즉시 덧붙였다. "새로 온 학생이군, 내가 알지." 그리고 내가 숨을 들이쉬기도 전에 또 말했다. "이 학생에 대해서 내가 꼭 한 마디 해야겠군." 그가 큰 소리로 말했다. 내게는 얼마나 크게 들렸던지! "석판을 깬 학생은 앞으로 나오도록!"

나는 내 생각대로 움직일 수가 없었다. 온몸이 꿈쩍도 하지 않았다. 내 양옆에 있던 큰 두 소녀가 나를 일으켜 세우고 두려운 심판관 앞으로 밀었다. 템플 선생님이 부드럽게 그의 바로 앞까지 데려다 주셨고 그녀의 속삭이는 위로의 말을 들었다.

"걱정하지 마, 제인. 사고였다는 것을 선생님은 알아. 그러니까 너는 벌 받지 않을 거야."

이 친절한 속삭임은 내 가슴에 단도(短刀)처럼 다가왔다.

"저 걸상을 가져오너라." 브로클허스트 씨가 조금 전에 막 학급위원이 일어섰던 아주 높은 의자를 가리키며 말했다. 그 의자가 앞으로 왔다.

"이 학생을 여기에 올려라."

나는 누가 그랬는지는 모르지만 그 의자에 올려졌다. 나는 특별히 주의를 집중할 상황이 아니었으므로, 단지 브로클허스트 씨의 코에 닿는 높이로 내가 올려졌다는 사실만 알아차렸다. 그는 나와 1야드 이내의 가까운 거리에 있었고, 안에 털을 대고 주황색과 자줏빛으로 물들인 그의 비단 외투 자락과 은색 깃털 스카프가 내 눈 아래에서 펼쳐졌고 흔들렸다.

브로클허스트 씨가 헛기침을 했다.

"숙녀 분들," 자기 가족을 돌아보면서 그가 말했다. "템플 선생님을 비롯해서 여러 선생님들과 학생들, 모두 이 학생을 보세요."

물론 모두들 그랬다. 나는 그들의 눈이 화경처럼 내 살갗을 태울 정도로 나를 주시하고 있는 것이 느껴졌다.

"여러분이 보듯이 이 학생은 아직 어립니다. 평범한 어린 아이의 모습을 지니고 있는 것을 볼 것입니다. 하나님께서 우리 모두에게 그렇듯이 이 학생에게도 자비롭게 그분의 형상을 주셨습니다. 이 학생의 겉모습에는 성격에서 두드러지는 것처럼 어디에도 결함이 없지요. 악마가 벌써 자신의 종이요, 대리인의 모습을 이 학생에게서 찾았다는 것을 누가 생각이나 할까요? 마음이 아프지만, 바로 그 경우가 여기에 있어요."

"친애하는 학생 여러분, 이것은 슬프고 우울한 일이지만 하나님의 어린 양이어야 할 이 학생이 진짜 양 떼 무리 속에 있지 않고, 명백하게 침입자이고 외인이며 버림받은 자라는 것을 여러분에게 알리는 것이 나의 의무입니다. 여러분은 이 학생으로부터 자신을 스스로 보호해야 합니다. 이 학생을 본받아서는 안 됩니다. 필요하다면 이 학생과 사귀지 말고, 이 학생을 운동 경기에서 제외시키고, 함께 이야기도 나누지 마세요. 선생님들은 이 학생을 잘 지켜보십시오. 학생의 움직임을 하나도 놓치지 말고 지켜보고, 말을 잘 평가해 보고, 행동을 자세히 조사하고, 학생의 영혼이 살도록 몸에 벌을 주세요. 정말로, 만일 이 학생의 구원이 가능하다면 말이오. 이 소녀, 기독교의 땅에서 태어난 이 아이는, 힌두교 신에게 기도하고 크리슈나 신에게 무릎 꿇는 많은 이교도의 아이들보다 더 나쁜 이 소녀는 거짓말쟁이이기 때문입니다!"

브로클허스트 씨가 이렇게 요약했다.

"나는 이 이야기를 학생의 은인에게서 들었습니다. 고아인 이 학생을 입양한 경건하고 인정 많은 숙녀 분에게서 말입니다. 그녀는 이 학생을 자기 친딸처럼 길렀는데, 그녀의 친절과 관대함을 이 소녀는 아주 못되고 지독한 배은망덕으로 갚았지요. 그 결과 훌륭한 후원자께서는 자기 자녀들에게서 이 아이를 떼어 놓아야만 했습니다. 이 아이의 못된 본이 순수한 아이들에게 전염될까 봐 두려워서였지요. 그 후원자는 학생이 고쳐지도록 이곳에 보냈어요. 옛날 유대인들이 병자를 물결 치는 베데스다 연못에 던졌듯이 말입니다. 선생님들과 교장 선생님께 간청하는데, 물이 이 학생 근처에서 썩지 않게 해 주세요."

브로클허스트 씨는 이렇게 거만하게 말을 맺으면서 외투의 윗단추를 정돈했고, 자기 식구들에게 뭔가를 중얼거렸다. 그러고는 일어나서 템플 선생님한테 인사를 한 뒤에, 그 대단한 가족들 모두가 당당하게 교실에서 나갔다. 심판관이 문가에서 돌아보며 말했다.

"이 학생을 걸상에서 30분 더 서 있게 하시오. 그리고 오늘 남은 시간 동안에는 아무도 이 학생에게 말을 걸지 않게 하시오."

Chaptet 7

30분이 다 차기 전에 다섯 시를 알리는 종이 울렸다. 학생들은 흩어졌고, 모두들 차를 마시러 식당으로 갔다. 그래서 나는 의자에서 내려가려고 했다. 땅거미도 졌기 때문이다. 나는 구석으로 들어가서 바닥에 앉았다. 그리고 울었다. 헬렌 번즈도 없고, 아무도 나를 격려해 주지 않았다. 버림받고 혼자 남은 나의 눈물이 바닥을 적셨다. 나는 로우드에서 착하게 지내면서 많은 것을 할 작정이었다. 친구들을 많이 사귀고 존중받고 사랑도 받으려고 했다. 벌써 눈에 띄게 나아졌었다. 오늘 아침에는 반에서 제일 잘했고, 밀러 선생님이 따뜻하게 칭찬도 해 주었었다. 템플 선생님도 잘 안다는 듯이 나를 보고 웃어 주셨다. 그리고 계속 지금처럼 나아진다면 두 달 뒤에는 내게 데생을 가르쳐 주고, 프랑스어를 배우게 해 주신다고 약속하셨다. 그리고 동급생들도 나를 잘 맞아 주었고, 또래들도 나를 동등하게 대했다. 아무도 나를 괴롭히지 않았다. 그런데 여기서 나는 또 다시 눌리고 짓밟혔다. 이제 나는 다시 일어설 수 있을까?

누군가가 다가왔다. 나는 흠칫 놀랐다. 헬렌 번즈가 가까이에 있었다. 꺼져 가는 불빛에 헬렌이 길고 빈 방으로 다가오는 것이 보였다. 헬렌은 내 커피와 빵을 가져왔다.

"와서 뭐 좀 먹어." 헬렌이 말했다. 나는 애를 썼지만 마음의 동요를 누그러뜨릴 수 없었다. 계속해서 큰 소리를 내며 울었다. 헬렌은 내 옆에 바닥에 앉아서 자기 무릎을 팔로 안았고, 고개를 그 위에 얹었다. 그러고는 인도 사람처럼 아무말도 하지 않았다. 내가 먼저 말을 꺼냈다.

"헬렌, 너는 왜 모두들 거짓말쟁이라고 하는 애 옆에 있는 거야?"

"모두라고, 제인? 그 말을 들은 사람은 80명밖에 안 돼. 그런데 세상에는 수억 명이나 살고 있어."

"그 수억 명하고 내가 무슨 상관이야? 내가 아는 80명이 나를 경멸하는데."

"제인, 네가 잘못 알고 있어. 아마 이 학교에서 한 사람도 너를 경멸하거나 싫어하지 않을 거야. 분명히 많은 아이들이 너를 불쌍하다고 생각할 거야."

"브로클허스트 씨의 말을 듣고서도 어떻게 나를 불쌍하다고 생각하겠어?"

"브로클허스트 씨가 신은 아니야. 그는 훌륭하지도, 존경할 만하지도 않고. 여기서 그를 좋아하는 사람은 거의 없어. 만일, 세상 사람 모두가 너를 미워하고 네가 나쁘다고 믿어도 너의 양심이 너를 괜찮다고 생각하고, 네 죄를 용서한다면 너는 혼자가 아닌 거야."

"아니야. 나도 내 자신에 대해서 좋게 생각해야 한다는 것을 알아. 그러나 그것으로 충분하지 않아. 다른 사람들이 나를 사랑하지 않는다면 차라리 죽어 버리겠어. 나는 외롭고 미움 받는 것을 참을 수가 없어, 헬렌."

"잠깐만, 제인! 너는 인간의 사랑에 대해서 너무 많이 생각해. 너는 너무 충동적이고 격렬해. 이 땅과 인간 외에 안 보이는 세계와 영혼의 왕국이 있어. 그 세계는 우리를 둘러싸고 있고, 어디에나 있어. 그 영혼들이 우릴 지켜보고 있어. 그들은 우리를 보호해야 할 임무를 띠고 있거든. 만일에 우리가 고통과 수치 속에서 죽어 간다면, 멸시가 사방에서 우리를 괴롭히고 증오가 우리를 짓밟는다면, 천사들이 우리가

53

고통 받는 것을 보고서 우리가 순결하다는 것을 인정해 줘. 하나님은 우리에게 완전한 보상을 주시면서 왕관을 씌워 주시기 위해서 단지 우리의 육체에서 영이 분리되기만을 기다리시지. 그런데 왜, 우리는 계속 걱정에 휩싸여 있는 거야?"

나는 헬렌의 어깨에 머리를 기대고 팔을 그 애의 허리에 둘렀다. 헬렌은 나를 자기 쪽으로 끌어당겼고, 우리는 아무 말 없이 가만히 쉬었다. 이렇게 얼마 지나지 않아서 다른 사람이 들어왔다. 바람이 이는 하늘에서 무거운 구름들이 쓸려 갔고 달이 모습을 드러냈다. 가까운 창을 통해서 흘러나오는 달빛이 우리 두 사람을 환하게 비췄고, 다가오는 사람도 비췄다. 우리는 즉시 그 사람이 템플 선생님임을 알아차렸다.

"제인 에어, 일부러 널 찾으러 왔단다. 내 방으로 왔으면 하는데, 헬렌 번즈도 함께 있으니 우리 다 같이 가자." 선생님이 말씀하셨다.

우리는 주임 선생님의 안내를 받고 따라서 갔다. 템플 선생님은 헬렌 번즈에게 난로 가까이에 있는 낮은 안락의자에 앉으라고 했고 자신은 다른 의자에 앉으셨다. 그러고는 나를 자기 쪽으로 불렀다.

"얘야, 우리는 네가 증명하는 대로 생각할 거야. 계속 착하게 행동하거라. 그러면 우리 마음에 들 거야."

"그럴까요, 템플 선생님?"

"넌 그럴 거야." 선생님이 팔을 내게 두르며 말했다. "이제, 브로클허스트 씨가 말한 네 후원자라는 부인이 누구인지 말해 줄래?"

"리드 부인, 삼촌의 아내예요. 삼촌께서 돌아가시면서 저를 그분한테 맡기셨어요."

"그렇다면 그분은 너를 자발적으로 입양한 게 아니니?"

"아니에요, 선생. 그녀는 저를 입양하는 것을 아주 싫어했어요. 제가 하녀들이 종종 말하는 것을 들었는데, 삼촌이 돌아가시기 전에 끝까지 나를 돌보겠다는 약속을 그녀에게 하게 했다고 그랬어요."

"제인. 너도 알겠지만 선생님이 최소한의 것만 말해 줄게. 범죄자가 고소를 당하면 언제나 그는 자신을 변호하는 발언을 하도록 되어 있어. 너는 지금 거짓말을 했다는 혐의를 받고 있어. 네가 할 수 있는 만큼 너를 변호해 보거라. 기억나는 것은 무엇이든 사실을 말해 봐. 아무것도 덧붙이거나 과장하지 말고 말이다."

나는 가장 적절하고 가장 정확해야겠다고 마음속 깊이 다

짐했다. 그리고 말해야 할 것을 일관성 있게 정리하기 위해서 몇 분 동안 깊이 생각한 다음에 나의 슬픈 어린 시절의 모든 이야기들을 말했다. 나는 감정이 고조되어 기진맥진했기 때문에 목소리는, 슬픈 주제를 말할 때 보통 그런 것보다 더 조용했다. 그리고 나는 분한 마음을 내 마음 내키는 대로 표현하지 말라고 주의를 주었던 헬렌의 말을 염두에 두었기 때문에 이야기를 하는 동안 울분과 괴로움을 평소보다 훨씬 덜 드러냈다. 그 결과로 절제되고 간략해진 나의 이야기는 훨씬 믿을 만하게 들렸다. 내가 이야기를 계속할수록 템플 선생님은 완전히 나를 믿게 되었다는 것이 느껴졌다.

이야기를 하는 도중에 나는 그 발작이 일어난 뒤에 나를 보기 위해 왔었던 로이드 씨의 이야기를 했다. 그 무서웠던 빨간 방의 일을 결코 잊을 수 없었기 때문이다.

나는 이야기를 끝마쳤다. 템플 선생님께서는 잠시 동안 나를 아무 말 없이 바라보셨다. 그런 다음에 말씀하셨다.

"선생님은 로이드 씨를 조금 안다. 그에게 편지를 써서, 그 사람의 답장이 네 말과 일치하다면 너는 공개적으로 모든 비난에서 결백해지는 거야. 하지만 제인, 선생님한테는 지금도 너는 결백하단다."

템플 선생님께서는 내게 키스를 해 주시고, 계속 나를 곁에 두시고는 헬렌 번즈에게 향하셨다.

"헬렌, 오늘 밤은 몸이 좀 어떠니? 오늘도 기침이 많이 나왔니?"

"그렇게 많이는 아니었던 것 같아요, 선생님."

"가슴 통증은 어때?"

"조금 나아졌어요."

템플 선생님은 일어나서 헬렌의 손을 잡고 맥박을 짚어 보셨다. 그러고 나서 자리로 돌아가 앉으셨다. 나는 선생님이 자리로 돌아가실 때 작은 소리로 내시는 한숨 소리를 들었다. 선생님께서는 몇 분 동안 생각에 잠기셨다가 스스로 기운을 차리고는 쾌활하게 말씀하셨다.

"너희 두 사람은 오늘 밤 내 손님이지. 그에 맞게 대접해야겠네." 템플 선생님께서는 이렇게 말씀하시고 종을 누르셨다.

"바바라, 차를 갖다 줘요. 이 두 아가씨들을 위해서도 쟁반과 잔을 갖다 주세요."

곧 쟁반이 나왔다. 내 눈에는 불가에 있는 작고 둥근 탁자에 놓인 찻잔과 반짝거리는 찻주전자가 얼마나 예뻤던지! 차에서 나오는 김과 토스트 냄새가 얼마나 향긋했던지! 하지만 실망스럽게도 (나는 배가 고파졌으므로) 양이 아주 적었다. 템플 선생님도 그것을 알아보셨다.

"바바라, 빵과 버터를 좀 더 가져다 줄 수 없어요? 세 사람이 먹기에는 충분하지 않아서요." 템플 선생님께서 말씀하셨다.

바바라가 나갔다가 다시 돌아왔다.

"선생님, 하든 부인이 늘 담던 대로 올려 보냈다고 합니다."

하든 부인은 식당 살림을 맡아 하는 부인인데 고래 뼈나 강철 같은 마음으로 브로클허스트 씨의 마음에 꼭 맞았다.

"아, 좋아요!" 템플 선생님께서 말씀하셨다. "우리가 알아서 해야겠군요, 바바라." 바바라가 나가자 템플 선생님이 미소를 지으면서 덧붙였다. "다행히도 이렇게 부족한 경우에는 나의 힘이 닿는 한에서 공급할 게 있단다."

템플 선생님은 헬렌과 나를 탁자 가까이 오라고 권하시고,

우리 앞에 아주 향이 좋은 차를 따른 컵 하나와 얇은 토스트 조각을 하나씩 놓아 주시고는 일어나서 서랍을 여셨다. 거기에서 종이로 싼 꾸러미 하나를 꺼내 와서는 우리가 보는 앞에서 바로 포장을 푸셨고, 상당히 큰 시드 케이크(씨가 든 과자)를 꺼내셨다.

"이것을 너희들 각자에게 어느 정도씩 가져가게 하려고 했었지만, 토스트가 너무 적으니 지금 먹어야 할 것 같구나." 템플 선생님께서 말씀하시고는 케이크를 후한 손으로 조각 조각 자르셨다.

우리는 그날 저녁에 꿀과 진미로 잔치를 열었다. 접대 중에서 최고로 기뻤던 것은, 관대하게 베푸는 세심한 배려에 우리가 굶주린 식욕을 채우는 것을 보시는 여주인의 만족스런 미소였다.

차를 다 마시자 쟁반이 나갔고, 템플 선생님은 우리를 불가로 다시 불렀다. 우리는 선생님의 양옆에 앉았고, 선생님과 헬렌의 대화가 이어졌다. 그들의 대화를 듣는 일은 내게는 정말 특권이었다.

템플 선생님은 태도와 표정에 언제나 뭔가 모를 평안함이 있었고, 선생님의 언어에는 정제된 적절성이 있어서 열정이나 흥분, 갈망으로 인한 탈선을 막았다. 그래서 선생님은 바라보고 듣는 사람들에게 기쁨을 순화시키는 뭔가가 있었다. 이것이 그때의 내 느낌이었고, 헬렌 번즈에 대해서 말하자면, 나는 경탄을 금치 못했다.

그들은 내가 들어 보지 못한 것들에 대해서 이야기했다. 나라들과 지난 시기, 멀리 있는 나라들, 발견되거나 추측되고 있는 자연의 비밀들을 말이다. 그들은 책에 대해서도 이야기했다. 그들은 얼마나 많은 책들을 읽었던지! 하지만 놀람의 절정은 템플 선생님이 헬렌에게 아버지가 가르쳐주신 라틴어를 잠시 기억해 낼 수 있는지 묻고, 선반에서 책을 한 권 꺼내서는 헬렌에게 베르길리우스가 나오는 장을 읽어 보고 해석해 보라고 제안했을 때였다. 헬렌은 순종했다. 헬렌이 해석을 거의 끝냈을 때 취침 시간을 알리는 종이 울렸다. 우리는 잠시도 늦출 수 없었다. 템플 선생님은 우리 두 사람을 자기 품에 끌어안고 말씀하셨다.

"나의 사랑하는 아이들, 너희들에게 하나님의 축복이 있을 거야!"

템플 선생님은 헬렌을 나보다 조금 더 오래 안으셨다. 그리고 더 마지못해 하면서 헬렌을 놓아 주셨다. 선생님께서는 헬렌을 눈으로 문까지 따라오셨고, 한 번 더 헬렌을 위해서 슬프게 한숨을 쉬시며 헬렌의 뺨에서 눈물을 닦아 주셨다.

침실로 돌아온 우리는 스캐처드 선생님의 목소리를 들었다. 스캐처드 선생님은 서랍을 검사하고 계셨다. 스캐처드 선생님은 막 헬렌 번즈의 서랍을 여셨을 때 우리가 들어갔다. 헬렌은 날카롭게 질책을 받았다.

"내 물건들은 정말 부끄러울 정도로 뒤죽박죽이야." 헬렌이 내게 조그만 목소리로 속삭였다. "정리해 두려고 생각했었는데 깜빡 잊고 말았지 뭐야."

로이드 씨에게 편지를 쓰셨던 템플 선생님은 앞에서 언급한 사건이 있은 지 약 1주일 뒤에 그에게서 답장을 받으셨다. 로이드 씨의 편지는 나의 설명을 입증하는 것으로 드러났다. 템플 선생님은 전교생을 모아 놓고 제인 에어에게 반하는 심리가 있었다고 알리셨다. 그리고 제인 에어가 모든 비난에서 완전히 깨끗해졌음을 알릴 수 있게 되어서 템플 선생님 자신이 제일 기쁘다고 말씀하셨다. 선생님들께서는 내 손을 잡아 주셨고 내게 뽀뽀를 해 주셨으며, 즐겁게 소곤거리는 소리가 급우들의 줄을 따라 빠르게 번져 나갔다.

이렇게 하여 나는 몹시 탄식할 만한 짐에서 풀려났고, 그때부터 새롭게 다시 시작했다. 나는 모든 어려움을 통과하여 길을 개척하기로 다짐했다. 나는 열심히 공부했다. 그리고 나의 성공은 나의 노력에 비례했다. 천성적으로 오래 지속되지 않는 나의 기억력은 연습을 통해서 향상되었다. 훈련은 나의 지혜를 예리하게 했고, 몇 주가 지나자 나는 더 높은 반으로 올라갔다. 그리고 2달이 안 되어서 프랑스어와 미술을 배울 수 있도록 허락 받았다.

나는 같은 날에 프랑스어의 Etre 동사의 처음 나오는 두 시제를 배웠고, 처음으로 나의 작은 집을 스케치했다. 그날 밤, 나는 달콤하게 잠이 들었다.

솔로몬이 이렇게 말했었다. "서로 사랑하며 채소를 먹고 사는 것이, 서로 미워하며 기름진 쇠고기를 먹고 사는 것보다 낫다."

나는 그때부터 게이츠헤드에서 없었던 모든 것과 매일의 호사를 누리며 로우드에서 살게 되었다.

Chapter 8

4월이 가고 5월이 왔다. 로우드는 모든 것이 푸르게 변했고, 꽃으로 뒤덮였다. 이 모든 것을 나는 자주, 그리고 충만하고 자유롭게 즐겼다. 누구에게도 감시 받지 않고 거의 혼자서 말이다. 이 이상한 자유와 기쁨에는 이유가 있었는데, 이제부터 그것을 말해야겠다.

내가 언덕과 숲, 시냇가의 즐거운 장소에 대해서 설명했던가? 확실히 그곳은 충분히 즐거웠다. 그러나 건강하지 못하면, 그것은 또 다른 문제이다.

로우드 학원이 누워 있는 그 숲의 작은 골짜기는 안개와 안개 속에서 번식한 페스트의 요람이었다. 그것은 빨리 온 봄과 함께 활력을 얻었고, 고아 양육원으로 기어들어 와서는 아이들이 넘쳐 나는 교실과 기숙사에 발진티푸스를 불어 넣었다. 그래서 5월이 되기 전에 학교는 병원으로 바뀌었다.

학생들 대부분이 반 기아 상태인 데다가 감기를 방치한 채 두었기 때문에 쉽게 감염이 되었다. 학생 80명 중에서 45명이 한꺼번에 앓아 누웠다. 수업은 취소되었고, 규칙들은 느슨해졌다. 건강을 지킨 몇 안 되는 학생들에게는 거의 제한 없는 자유가 허락되었다. 왜냐하면 의료진들이 건강을 유지하기 위해서는 자주 운동을 해야 한다고 강조했고, 다른 한편으로는 학생들을 지켜보거나 제지할 여유가 없었기 때문이었다. 템플 선생님은 환자들에게 온통 주의를 쏟았다. 그녀는 방 여섯 개를 돌면서 거기에서 거의 살다시피 했고, 밤에 몇 시간 휴식을 취할 때를 빼놓고는 방에서 떠나지 않았다. 다른 선생님들은 전염병이 도는 곳에서 빠져나갈 수 있거나 그렇게 해 줄 의향이 있는 친구들이나 친척이 있는 운 좋은 아이들의 짐을 싸고 떠날 채비를 하느라 온통 바빴다. 이미 병에 걸린 많은 아이들이 집에 가서 죽었다. 몇몇은 학교에서 죽었고, 조용하고 빠르게 묻혔다. 병의 특성상 그 일을 미루면 안 되었기 때문이다.

이렇게 전염병이 로우드 학원에 머물면서 죽음이 빈번하게 찾아오는 동안, 학교 안에 음울함과 두려움이 머무는 동안, 방과 통로에서 병원 냄새가 퍼져 나오고, 약들이 죽음의 악취들을 극복하려고 헛되게 애를 쓰는 동안에 찬란한 5월은

맑게 거친 야외의 대담한 언덕과 아름다운 숲에서 반짝였다. 뜰도 꽃들도 빛을 발했다. 그러나 이 향긋한 보배들도 로우드 학원에 사는 사람들 대부분에게는 소용이 없었다. 때때로 관 위에 놓을 한 줌의 꽃과 풀 외에는 말이다.

그러나 나를 비롯해서 건강한 몇몇 다른 아이들은 이 아름다운 경치와 계절을 온전히 즐겼다. 우리는 집시들처럼 아침부터 저녁까지 숲을 돌아다녔다. 우리가 하고 싶은 일을 하고, 가고 싶은 데를 갔다. 우리는 이전보다 훨씬 더 잘 지냈다.

그런데 그동안 헬렌 번즈는 어디에 있었는가? 나는 왜 이 달콤한 자유의 나날들을 그 애와 함께 보내지 않았는가? 내가 그 애를 잊었나?

그때 헬렌은 아팠다. 몇 주 동안 헬렌은 보이지 않았고, 어느 방에 있는지도 나는 알 수 없었다. 그 애는 열이 있는 다른 환자들과 같은 병동에 있지 않았다. 왜냐하면 그 애의 병은 발진티푸스가 아니라 결핵이었기 때문이다.

앞문이 열리는 소리가 났다. 베이츠 씨와 간호사 한 사람이 나왔다. 간호사는 베이츠 씨가 말에 올라타고 떠나는 것을 보고 나서 막 문을 닫으려고 했다. 그때 내가 그녀에게 달려갔다.

"헬렌 번즈는 어때요?"

"아주 좋지 않아." 그녀가 대답했다.

"베이츠 씨가 보고 간 사람이 그 애예요?"

"그래."

"뭐라고 말씀하세요?"

"여기에 오래 있지 못할 거라고 말씀하셨어."

바로 어제 들은 이 말은 그 애가 자기 고향인 노섬벌랜드로 갈 예정이라고 말하는 것 같았다. 나는 그 말이 그 애가죽어 가고 있다는 뜻임을 알아채지 못했던 것 같다. 하지만지금은 바로 알 수 있었다! 나는 갑작스럽게 공포감이 들었고, 슬픔으로 강한 전율이 느껴졌고, 그 애를 꼭 봐야 한다는갈망이 생겼다. 나는 그 애가 어느 방에 있는지 물었다.

"헬렌은 템플 선생님 방에 있어." 간호사가 말했다.

"내가 가서 헬렌과 얘기 좀 해도 돼요?"

"오, 안 된다. 얘야. 그럴 수 없을 거야. 그리고 이제 너도 들어가야 할 시간이야. 이슬이 내릴 때 늦게까지 나와 있으면, 너도 열이 난단다."

간호사는 현관을 닫았다. 나는 옆문을 통해서 교실로 들어갔다. 딱 정시에 들어갔다. 9시였고 밀러 선생님이 학생들에게 자라고 말하고 있었다.

아마도 두 시간 뒤, 11시쯤이었을 것이다. 나는 아무 소리 없이 고요한 기숙사에서 잠이 들지 못했지만 다른 학생들은 모두 깊이 잠들어 있었다. 나는 조용히 일어나서 잠옷 위에 드레스를 입고서 신발도 신지 않은 채 살금살금 방에서 걸어 나와 템플 선생님 방을 찾아 나섰다. 템플 선생님 방은 건물의 다른 쪽 끝이었지만 나는 가는 길을 알고 있었다. 그리고 맑은 여름날의 달빛이 복도의 창 여기저기를 비춰 줘서 쉽게 길을 찾을 수 있었다.

나는 장뇌와 탄 식초 냄새 때문에 환자들이 있는 방 가까이에 왔다는 것을 알 수 있었다. 나는 밤새 근무하는 간호사가 내 소리를 들을까 봐서 그 방문을 재빨리 지나쳤다. 나는 들킬까 봐 겁이 났지만 그 방으로 되돌아갔다. 헬렌을 봐야 했기 때문이다. 그 애가 죽기 전에 꼭 안아 줘야 했다. 그 애의 마지막 말을 듣고, 그 애에게 마지막 키스를 해 주어야 했다.

나는 계단을 내려와서 건물 아래층을 통과했고, 소리가 나지 않게 조심해서 문 두 개를 열고 닫았고, 다른 쪽 계단에 이르렀다. 불빛이 열쇠 구멍과 문 밑으로 흘러나왔다. 깊은 정적이 근방에 퍼져 있었다. 가까이 가서야 나는 문이 약간 열려 있는 것을 알아차렸다. 아마도 약간의 신선한 공기가 환자 곁에 머무르게 하기 위해서였을 것이다. 주저하지 않고 어서 만나고 싶은 충동으로 가득했던 나는, 뒤로 물러나서 안을 들여다보았다. 나는 눈으로 헬렌을 찾았지만 죽음을 보게 될까 봐 겁이 났다.

템플 선생님의 침대 가까이에 하얀색 커튼으로 반쯤 덮여 있는 작은 침대가 하나 있었다. 옷 아래로 윤곽이 보였지만 얼굴은 커튼으로 가려져 있었다. 정원에서 나랑 얘기했던 간호사는 큰 안락의자에서 잠이 들어 있었고, 끄지 않은 촛불이 탁자 위에서 희미한 불빛을 내며 타고 있었다. 템플 선생님은 보이지 않았다. 나중에 알았는데, 템플 선생님은 열이 높아서 자꾸 헛소리를 하는 환자를 보러 다른 방에 가 계셨다. 나는 앞으로 가서 작은 침대 옆에 섰다. 손을 커튼으로 가져갔지만 커튼을 걷지는 않았다. 시체를 보게 될까 봐 겁이 나서 뒷걸음쳤다.

"헬렌!" 내가 조용히 속삭였다. "잠들었니?"

헬렌이 혼자 움직여서 커튼을 거뒀다. 나는 창백하고 쇠약해졌지만 매우 안정된 그 애의 얼굴을 보았다. 그 애는 거의 변한 게 없는 듯해서 나의 두려움은 곧 사라졌다.

"너, 제인이니?" 그 애가 특유의 온화한 목소리로 물었다.

'오! 헬렌이 죽어 가는 게 아니구나. 사람들이 잘못 알고 있어. 만약 죽어 가고 있다면 이렇게 말을 하고, 평온해 보일 수는 없을 거야.' 하고 나는 생각했다.

나는 침대로 다가가서 헬렌에게 입맞춤을 했다. 그녀의 이마는 차갑고 양볼은 냉랭하고 여위었다. 손과 손목도 찼지만 예전처럼 미소지었다.

"제인, 여기에 왜 왔어? 11시가 넘었는데. 몇 분 전에 종이 울리는 소리를 들었거든."

"헬렌, 널 보러 왔어. 네가 아주 아프다는 소리를 들어서 너랑 얘기를 나눌 때까지 잠을 잘 수가 없었어."

"작별 인사를 하러 왔구나. 제때에 왔어."

"헬렌, 어디 갈 거야? 집에 가려고?"

"응, 멀리 있는 나의 집, 고향으로."

"안 돼, 제인!" 나는 걱정이 되어서 말을 끊었다. 내가 눈물이 나오려는 것을 참는 동안 헬렌은 발작적으로 기침을 해 댔다. 그래도 간호사는 깨지 않았다. 헬렌은 기침이 멈추자 지쳐서 몇 분간 가만히 누워 있었다. 그러고 나서 헬렌이 속삭였다.

"제인, 너 맨발이구나. 여기 누워서 이불을 같이 덮자."

나는 그렇게 했다. 헬렌은 팔로 나를 감쌌고, 나는 그 애에게 바짝 붙었다. 한참 만에 헬렌이 속삭였다.

"제인, 아주 기뻐. 내가 죽었다는 소식을 들으면, 너는 확신을 가지고 슬퍼하면 안 돼. 슬퍼할 이유가 전혀 없거든. 우리 모두는 언젠가 죽어야 해. 그리고 나를 데려가는 이 병은 고통스럽지 않아. 부드럽고 완만하지. 내 정신은 쉬고 있어. 나 때문에 몹시 슬퍼할 사람도 없어. 아버지께서 계시는데 최근에 재혼하셨으니까 나를 많이 그리워하시지는 않을 거야. 나는 어려서 죽으니까 큰 고통들을 피하게 된 거야. 이 세상에서 출세할 만한 재능이나 자질이 내게는 없어. 나는 계속 실수들을 해 댔을 테지."

"헬렌, 어디로 가는 거야? 너는 볼 수 있어? 그곳을 알아?"

"나는 믿어. 내게는 믿음이 있어. 나는 하나님께로 가."

"하나님께서는 어디 계시는데? 하나님이 뭐야?"

"하나님께서는 나를 만드셨고, 또 너를 만드신 분으로 자신이 창조한 것을 절대로 파괴하지 않으시지. 나는 절대적으로 그분의 능력에 의지하고, 그분의 선하심을 전적으로 신뢰해. 나는 얼마나 편안한지 몰라. 기침 발작이 일어나서 약간 피곤하긴 하지만 이제는 잠을 잘 수 있을 것 같아. 하지만 제인, 나를 떠나지 마. 네가 곁에 있으면 좋겠어."

"네 옆에 있을게, 헬렌. 아무도 날 여기서 데려가지 못할 거야."

"따뜻하니?"

"응."

"잘 자, 제인."

"잘 자, 헬렌."

헬렌이 내게 입을 맞추었고 나도 헬렌의 입을 맞추었으며 우리 둘은 곧 잠이 들었다.

날이 밝은 뒤에 잠에서 깨었다. 이상한 움직임이 나를 깨웠던 것이다. 나는 위를 올려다보았다. 나는 누군가에게 안겨 있었는데, 간호사가 나를 잡았다. 간호사는 나를 기숙사 뒤 복도를 통해서 데리고 나갔다. 나는 내 침실을 떠났다고 혼이 나지는 않았다. 사람들은 다른 뭔가에 신경을 쓰고 있었다. 나는 질문들을 많이 했지만 아무도 대답해 줄 여유가 없었다. 그러나 그 뒤로 하루 이틀이 지나서 템플 선생님이 알려 주셨다. 동틀 녘에 방에 와 보니 내가 작은 침대에 있었는데, 나는 얼굴을 헬렌 번즈의 어깨에 기대고 팔로 그 애의 목을 감싼 채 잠들어 있었고, 헬렌은 죽어 있었다고 말이다.

Chapter 9

발진티푸스가 로우드 학원에서 파괴적인 임무를 마치고 점차적으로 사라졌다. 그러나 발진티푸스의 독성과 수많은 희생자들로 인해 세상 사람들의 관심이 학교로 쏠렸다. 이 재난의 원인에 대해서 조사가 진행되었고 점차적으로 다양한 사실들이 밝혀져서 대중의 분노가 크게 일었다. 학원의 비위생적인 상태, 학생들의 음식의 양과 질, 소금기 있고 악취가 나는 식수, 학생들의 질 나쁜 옷과 설비 시설 같은 모든 것들이 밝혀졌고, 그 결과는 브로클허스트 씨에게 굴욕감을 주었다. 그러나 학원에는 유익했다.

지역의 부자들과 몇몇 자선가들이 더 나은 환경의 편리한 건물을 짓는 데 기부를 많이 했고, 새 규정들이 만들어졌으며, 음식과 옷이 개선되었고, 학교 기금은 위원회에서 관리하게 되었다. 이렇게 개선된 학교는 이윽고 진짜로 유용하고 귀족적인 학원이 되었다. 나는 학교가 새롭게 된 이후에도 남아서, 총 8년을 학교에서 보냈다. 6년은 학생으로서, 2년은 선생으로서 말이다. 이 두 시기 모두가 내게는 중요하고 가치 있는 삶의 증거가 되었다.

어느 날 나는 내 방 창가로 가서 창문을 열고 밖을 내다보았다. 마차를 타고서 저 길을 따라 왔던 때가 생각났다. 땅거미가 질 무렵 내려왔던 언덕이 떠올랐다. 내가 처음으로 로우드 학원에 왔던 날로부터 지금은 한 시대가 지난 듯했다. 사실, 그때 이후로 나는 이곳을 떠난 적이 없었다. 방학 때마다 나는 학교에서 지냈다. 바깥 세계와는 편지 한 통도 나누지 않았다. 8년 동안 날마다 똑같은 오후를 보내는 일에 싫증이 났다. 아주 자유롭고 싶었다. 자유를 열망했고, 자유를 원해서 기도를 했다. 기도 소리는 바람에 흩어져서 날아가 버린 듯했다. 나는 단념했다가도 겸손하게 간청했다. 변화와 자극을, 그리고 간청도 모호한 곳으로 쏠려 가 버린 듯했다. 나는 거의 절망적으로 소리쳤다. "그렇다면, 최소한 내게 새로운 일자리를 베푸소서!"

나는 여기서 8년을 봉사했다. 지금 내가 원하는 것은 다른 곳에서 봉사하는 것이다. 내 뜻대로 할 수는 없을까? 이 정도는 실행 가능한 일이 아닐까? 그래, 가능할 거야. 끝을 내는 것은 그렇게 어렵지 않아. 내가 그것을 얻을 수 있는 방법들을 찾을 만큼 충분히 머리를 쓰기만 한다면 말이야.

'내가 원하는 게 뭐지? 새로운 자리, 새로운 집, 새로운 얼굴들, 새로운 환경. 이보다 더 나은 어떤 것을 원할 필요는 없기 때문에, 나는 그것들을 원해. 사람들은 어떻게 해서 새로운 일자리를 얻지? 친구들에게 부탁할 듯해. 하지만 내게는 친구가 없어. 주변에 친구는 없고, 주위에 자기 말고는 없어서 스스로를 도와야 하는 사람들이 많아. 그렇다면 그들의 방책은 뭐지?'

친절한 요정이 내가 잠시 자리를 비운 사이에 내 베개에다가 물음에 대한 확실한 답을 떨어뜨려 놓고 갔다. 그래서 내가 배개 위로 머리를 기대어 눕자, 조용하고 자연스럽게 생각이 떠올랐다. '그런 사람들은 광고를 낸다. 너도 ○○주 헤럴드에 광고를 내라.'

"어떻게 하지? 나는 광고에 대해서는 하나도 모르는데."

나는 일찌감치 일어났다. 광고문을 써서 봉투에 넣고, 학교를 깨우는 종이 치기 전에 겉봉도 썼다. 이렇게 말이다.

"개인 교습에 능숙한 젊은 여성이 14세 미만의 아이들이 있는 가정에서 일할 수 있기를 원합니다. 훌륭한 영어로 일반 과목들을 가르치고, 프랑스어와 데생, 음악도 가르칠 수 있습니다. 주소: J.E., 우체국, 로우튼, ○○주."

그 뒤로는 한 주가 아주 긴 것 같았다. 그러나 지상의 모든 것들이 그렇듯이 마침내 끝이 왔고, 기분 좋은 가을이 가까운 어느 날, 나는 다시 한 번 로우튼 가에 있었다.

나는 제화점에서 우체국에 이르는 깨끗하고 조용한 작은 길을 지났다. 뿔테 안경을 코에 걸치고 검정색 벙어리장갑을 낀 노부인이 보였다.

"J.E.에게 온 편지 없나요?" 내가 물었다.

그녀는 안경 너머로 나를 살펴보더니 서랍을 열고, 내용물을 한참 더듬어 찾았다. 너무 오래 걸려서 희망이 사라지기 시작했다. 그런데 마침내 그녀가 안경 바로 앞에다 서류 하나를 놓고 거의 5분간 들여다보고는 그것을 판매대로 내밀었다. 그것은 J.E.에게 온 것이었다.

나는 내게 온 편지를 집어 들었다. 봉인은 F.로 되어 있었다. 봉투를 뜯었다. 내용은 간략했다.

"지난 목요일에 ○○주 헤럴드에 광고를 낸 J.E. 씨가 언급했던 대로 능력을 갖고 있고, 성품과 능력이 만족할 만한 위치에 있다면, 10세 미만의 소녀, 한 학생을 위한 자리를 제공

할 수 있습니다. 급여는 1년에 30파운드입니다. J.E. 씨는 신원보증서와 이름, 주소 등 상세한 내용을 다음 주소로 보내주시길 바랍니다: ○○주, 밀코트 부근, 손필드, 페어팩스 부인."

Jane Eyre

Part

II

Chapter 10

소설에서 새 장은 연극에서 새 무대와 같다. 독자들이여, 이번에 내가 커튼을 올리면, 밀코트에 있는 조지 여관의 방을 보게 될 것을 상상하리라. 나는 새벽 4시에 로우튼을 떠났는데, 지금은 밀코트 마을의 시계가 8시를 치고 있다.

마차가 현관 앞에서 멈췄다. 하녀가 문을 열어 주었고, 나는 마차에서 내려 집 안으로 들어갔다.

"어떻습니까, 에어 양? 오시는 동안 지루하셨을까 걱정이 됩니다. 존은 마차를 아주 느리게 몰지요. 몹시 추웠을 테니 불가로 오세요."

"페어팩스 부인이신가요?" 내가 물었다.

"예, 맞아요. 앉으세요."

"손필드가 마음에 드십니까?" 그녀가 물었다. 나는 아주 마음에 든다고 대답했다.

"예, 이곳은 멋진 곳이지요. 하지만 로체스터 씨가 이곳에 와서 오래도록 머물 생각을 하지 않으시면, 이곳이 낡아질까 봐 걱정이에요. 아니면 적어도 로체스터 씨가 좀 더 자주 방문하시길 바라지요. 멋진 집과 훌륭한 땅에는 주인이 있어야 하는 법이거든요."

"로체스터 씨라고요! 그가 누구예요?" 내가 물었다.

"손필드 저택의 주인이지요. 주인인 로체스터 씨라는 것을 몰랐나요?" 그녀가 조용히 물었다.

"그렇다면, 여자 아이, 내 학생은요!"

"그 애는 로체스터 씨가 후원하는 아이에요. 그분이 아이를 위해서 가정교사를 찾으라고 제게 위탁하셨지요."

"잘 잤어요, 아델라 양. 이리 와서 아가씨를 가르치고, 언젠가는 총명한 여인으로 만들어 줄 선생님께 인사해요." 페어팩스 부인이 말했다. 아델라가 다가왔다.

"내 가정교사군요!" 그 애가 나를 가리키면서 유모한테 말했다. 유모가 대답했다.

"그래, 그렇구나."

"외국인인가요?" 나는 그들이 프랑스어로 말하는 것을 듣고 놀라서 물었다.

"유모는 외국인이에요. 아델라는 유럽 대륙에서 태어났어요. 거기서 태어나 여섯 달 전까지 떠난 적이 없었을 거예요. 아델라가 여기에 처음 왔을 때는 영어를 못했어요. 지금은 아주 조금 할 수 있어요. 나는 그 애 말을 통 알아들을 수가 없답니다. 프랑스어를 섞어서 쓰니까요. 하지만 당신은 잘 알아들을 것 같네요."

Chapter 11

페어팩스 부인은 보이는 모습 그대로 차분한 성격에 본성이 착한 여인이었고 괜찮은 교육을 받았으며 지능이 평균 정도였다. 내가 맡은 학생은 응석받이에 버릇이 좀 없었지만 활발한 아이였다. 그래서 때때로 제멋대로 행동하기도 했다. 하지만 분별 있게 많이 좋아졌고, 특유의 명랑함으로 나를 즐겁게 해 주었다.

10월, 11월, 12월이 지나갔다. 1월의 어느 날 오후, 페어팩스 부인이 아델라가 감기에 걸렸으니까 휴식을 주라고 내게 간청했다. 그리고 아델라도 열심히 간청했기 때문에 나는 어린 시절에 내게 휴가가 얼마나 소중했었는지를 떠올리며 아델라에게 휴식을 허락했다. 날씨가 무척 춥기는 했지만 맑고 차분한 날이었다. 그리고 나는 아침 내내 서재에 가만히 앉아 있어서 지루했다. 더구나 페어팩스 부인이 편지를 써 놓고 우체국에 가서 부치기만을 기다리고 있어서 나는 모자를 쓰고 망토를 두르고는 내가 직접 헤이로 가서 편지를 부치고 오겠다고 했다. 2마일 정도의 거리는 겨울 오후에 걷기에 좋았다.

———————————

나는 서둘러서 페어팩스 부인의 방으로 갔다. 벽난로가 피워져 있었지만 촛불도 켜져 있지 않았고, 페어팩스 부인도 없었다. 그 대신에 나는 카펫 위에 꼿꼿이 앉아서 진지하게 불길을 응시하고 있는 털이 긴 흑백색이 섞인 커다란 개 한 마리를 보았다. 길에서 보았던 개였다. 나는 초가 있으면 했고, 또 이 방문객에 대해서도 설명을 듣고 싶어서 종을 울렸다. 하녀 레아가 들어왔다.

"이 개는 뭐야?"

"주인님과 함께 왔어요."

"누구랑 왔다고?"

"주인님이요. 로체스터 씨께서 방금 도착하셨어요."

"정말! 지금 그분께서 페어팩스 부인과 함께 계셔?"

"예. 아델라 양도 함께 있어요. 모두 식당에 계시고 존은 외과의사를 부르러 갔어요. 주인님께 사고가 있었어요. 말에서 떨어져서 발목을 삐셨거든요."

"아! 내게 양초 좀 가져다주겠어, 레아?"

레아가 양초를 가지고 왔다. 페어팩스 부인도 뒤따라왔다. 부인은 그 소식을 또 전해 주면서 외과의사 카터 씨가 와서 지금 로체스터 씨 곁에 있다고 덧붙였다. 그러고는 서둘러 나갔고, 차를 준비시켰다.

Chapter 12

나와 학생은 평소처럼 페어팩스 부인의 응접실에서 저녁을 먹었다. 나는 어두워져서 아델라에게 책들을 치우고 아래층으로 내려가라고 했다.

타다 남은 장작에서 나오는 불빛에 의지해서 앞의 형체를 따라갔다. 그때 페어팩스 부인이 들어왔다.

"로체스터 씨께서 선생님과 학생이 오늘 저녁에 객실로 와서 함께 차를 마셨으면 하네요. 하루 종일 바쁘셔서 그전에는 선생님을 뵙자고 할 수가 없으셨어요." 페어팩스 부인이 말했다.

로체스터 씨는 나와 페어팩스 부인이 들어오는 것을 알았을 것이다. 하지만 우리에게 아는 체하고 싶은 기분이 아닌 듯했다. 우리가 다가가도 전혀 고개를 들지 않았기 때문이다.

"에어 양이 왔습니다, 로체스터 나리." 페어팩스 부인이 특유의 차분한 태도로 말했다. 그는 개와 아이에게서 눈을 떼지 않고 고개를 숙였다.

"에어 양보고 앉으라고 하세요." 그가 말했다.

나는 꽤 안심을 하고 앉았다.

그는 계속 동상처럼 말도 안 하고 움직이지도 않았다.

"불가로 오시오." 쟁반이 나가고 페어팩스 부인이 뜨개질감을 가지고서 한 구석에 자리를 잡자 그가 말했다. 나는 의무적으로 그렇게 했다. 아델라는 내 무릎에 앉고 싶어 했지만, 파일럿 (로체스터의 개)과 놀라는 지시를 받았다.

"내 집에서 3개월 동안 묵었군요?"

"예, 로체스터 씨."

"어디에서 왔소?"

"○○주에 있는 로우드 학원에서 왔어요."

"아! 자선단체 말이군요. 거기에는 얼마나 있었소?"

"8년이요."

"8년이라! 다른 세계를 보는 듯했던 것도 당연하군. 나는 당신이 그런 얼굴을 하고 있는 것에 경탄했소. 부모님께서는 누구시오?"

"없습니다."

"오래 전에 잃은 듯하군요. 기억은 하오?"

"아니요."

"작품집을 보여 주시오."

나는 서재에서 작품집을 가져왔다.

그는 각각의 스케치와 그림을 찬찬히 세심하게 살펴보았다.

"9시군. 이제, 여러분 모두 잘 자길 바라오." 그가 문가로 손을 뻗으면서 말했다. 페어팩스 부인은 뜨개질감을 챙겼고, 나는 내 작품집을 들었다. 우리는 그에게 상체를 숙여 인사했고, 그는 냉랭하게 고개를 끄덕했다. 이렇게 우리는 물러났다.

Chapter 13

어느 날 오후, 나와 아델라는 공터에서 우연히 로체스터 씨를 만났다. 아델라가 파일럿과 놀고 배드민턴을 치는 동안 로체스터 씨가 나보고 아델라가 보이는 범위 내에서 길게 뻗은 너도밤나무 길을 걷자고 했다.

"제인, 당신은 질투를 느껴 본 적이 없죠? 물론 없을 거요. 사랑을 느껴 본 적도 없을 테니까. 하지만 내가 말해 두는데, 언젠가 당신도 바위가 많은 물길에 들어서게 될 거요. 거기에서는 인생의 모든 흐름이 온통 소용돌이치고 혼란스러워지며 거품이 일고 소란스럽게 될 것이요. 지금의 나처럼 말이오."

우리는 길을 따라 올라가고 있었는데, 그가 잠시 멈춰 섰다. 손필드 저택의 현관이 앞에 보였다. 그는 벽을 향해 눈을 들고는 전에는 내가 보지 못했던 눈빛으로 노려보았다. 고통과 수치심, 분노, 초조, 역겨움, 증오 같은 감정들이 그의 흑단(黑檀)처럼 까만 눈썹 밑에 있는 커다랗게 팽창된 동공 안에서 흔들리는 갈등을 잠시 억제하고 있는 듯했다.

나는 사실, 거의 말을 하지 않고 그가 즐겁게 말하는 것을 들었다. 그는 자기의 속내를 잘 이야기했다.

때때로 그는 나의 주인이라기보다는 친척같이 느껴졌다. 때때로 그는 여전히 오만했지만 나는 그것이 별로 신경 쓰이지 않았다. 그게 그의 방식이라는 것을 알았기 때문이다.

지금도 로체스터 씨가 내 눈에 못생겨 보이는가? 아니다. 고맙고 유쾌하고 즐거웠던 많은 교제를 통해서 그의 얼굴은 내가 가장 보고 싶어 하는 대상이 되었다. 방 안에 그가 있으면 가장 환한 불빛보다 내게 더 활기를 주었다. 그래도 나는 그의 결점들을 잊지는 않았다. 그는 거만하고 냉소적이었다. 그가 내게 아주 친절하게 대함으로써 다른 사람들에게 부당하게 엄격한 것을 상쇄했음을 나는 영혼 깊이 알았다. 그는 또한 시무룩했다. 나는 그 까닭을 알 수 없었다. 그러나 그의 시무룩함과 엄격함과 앞서 말한 도덕적인 결점들에는 대단히 비참한 운명적인 고난이라는 이유가 있을 것이라고 나는 믿었다. 그가 여러 상황들을 겪고 교육을 받고 운명으로 이렇게 빚어진 것보다 본래는 더 좋은 성향과, 더 고귀한 원칙들과 더 순수한 취향들을 가졌을 것이라고 나는 믿었다.

나는 자고 있었는지 깨어 있었는지 모르겠지만 어쨌든 독특하고 애처롭게 중얼거리는 소리가 위에서 희미하게 들려와서 잠이 확 깼다. 나는 초가 아직 타오르고 있기를 바랐다. 밤이 아주 캄캄했기 때문이다. 아래층 복도에서 시계가 2시를 쳤다. 바로 그때, 내 방 문을 누군가가 건드렸다. "누구세요?" 하고 물었지만 아무 대답이 없었다. 나는 공포로 소름이 끼쳤다.

이어서 귀신같은 웃음소리가 났다. 낮고 억눌린 듯했지만 깊이 울리는 소리였다.

'그레이스 풀 (로체스터 씨의 부인)이었나? 그녀가 귀신에게 사로잡혔을까?' 하고 나는 생각했다. 페어팩스 부인에게 가야 한다. 나는 서둘러서 실내용 드레스를 입고 숄을 걸쳤다. 문밖에 초가 타고 있었다. 복도의 매트 위에서 말이다. 나는 몹시 놀랐지만 주변이 연기로 가득 찬 듯이 아주 어둑한 것을 알아채고는 더욱 놀랐다. 나는 양옆을 살펴보고 이 푸른 연기가 어디서 나오는지 알아내었다. 더욱이 타는 냄새가 강하게 나는 것도 알아차렸다.

뭔가가 삐걱거렸다. 문이 조금 열려 있었던 것이다. 그 문은 로체스터 씨의 방문이었는데, 연기가 거기에서부터 자욱하게 몰려나오고 있었다. 나는 즉시 로체스터 씨의 방으로 들어갔다. 불꽃이 침대 주위를 핥고 있었다. 커튼도 불에 타올랐다. 불꽃과 연기 속에서 로체스터 씨는 꼼짝 않고 누워 깊이 잠들어 있었다.

"일어나세요! 일어나세요!" 나는 소리쳤다. 내가 그를 흔들었지만 그는 중얼거리다가 다른 쪽으로 돌아눕기만 했다. 연기에 충격을 받았기 때문이었다. 나는 한순간도 지체할 수 없었다. 나는 대야와 큰 물병 쪽으로 달려갔다. 다행히도 넓은 대야와 속이 깊은 물병이 있었고, 속은 모두 물이 가득했다. 나는 그것들을 들어서 침대에 쏟아 부었다. 하나님의 도우심으로 불길을 꺼뜨릴 수 있었다.

"무슨 일이오? 누가 이렇게 했소?" 그가 물었다. 나는 무슨 일이 있었는지 간단하게 설명해 주었다.

그는 아주 심각한 태도로 들었다. 내가 이야기할수록 그의 얼굴은 놀람보다는 걱정을 나타내었다.

"그렇군. 당신이 짐작한 대로 그레이스 풀이었을 거요. 그녀는 당신 말대로 아주 이상한 사람이오. 어쨌든, 오늘 밤 사고에 대해서 자세히 아는 사람이 나 말고 당신뿐이어서 다행

이오. 당신은 말하기를 좋아하는 바보가 아니겠죠. 이 일에
대해 아무에게도 얘기하지 마시오. 그리고 이제는 당신 방으
로 돌아가시오."

"그럼, 안녕히 주무세요, 로체스터 씨." 내가 말했다.

그는 놀라는 듯했다. 방금 전에 나한테 가라고 했으면서
변덕스럽게도 말이다.

"당신이 내 목숨을 구했소! 끔찍하고 괴로운 죽음에서 나
를 건져 주었소! 악수라도 합시다."

그가 손을 내밀어서 나도 내 손을 내밀었다. 그는 내 손을
처음에는 한 손으로, 이어서 두 손으로 쥐었다.

Chapter 14

로체스터 씨로부터 페어팩스 부인에게로 편지가 왔을 때 로체스터 씨는 2주 이상 집을 비웠었다.

"로체스터 씨가 곧 돌아올 것 같지 않나요?" 내가 물었다.

"3일 뒤에 돌아오신답니다. 그러니까 돌아오는 목요일이 되겠네요. 거기다가 혼자 오시는 게 아니라네요. 좋은 침실 들을 다 준비하고 서재와 객실도 청소하라고 지시하셨어요. 밀코트에 있는 조지 여관에서 부엌 일손을 보충해야겠어요." 페어팩스 부인은 아침 식사를 삼키듯이 급히 마치고는 서둘 러서 일을 시작하러 나갔다.

포근하고 평화로운 봄날이었다. 마침내 바퀴 소리가 들렸다. 말 네 필이 질주해 왔고, 그 뒤로 덮개를 연 마차 두 대가 달려왔다. 휘날리는 베일과 흔들리는 깃털들이 마차를 가득 채웠다. 기수 둘은 젊고 근사해 보이는 신사들이었고, 세 번째 기수는 자신의 검정색 말을 탄 로체스터 씨였다. 그 앞에서 파일럿이 뛰고 있었다. 로체스터 씨 옆에는 한 아가씨가 말을 타고 있었는데, 이 두 사람이 일행에서 제일 앞서 있었다.

"어떻게 지냈소?" 로체스터 씨가 물었다.

"잘 지냈습니다. 로체스터 씨."

"내가 없는 동안 무엇을 했소?"

"특별한 일은 없었어요. 평소처럼 아델라를 가르쳤지요."

"그리고 전보다 더, 그러니까 내가 당신을 처음 보았을 때만큼 창백해졌군. 무슨 일이오?"

"아무 일도 없습니다. 로체스터 씨."

"나를 반쯤 물에 빠뜨린 날 밤에 혹시, 감기에 걸리지는 않았소?"

"전혀요."

"객실로 돌아가요. 당신이 너무 일찍 나왔소."

"피곤해서요, 로체스터 씨."

그가 잠시 나를 바라보았다.

"그리고 약간 우울하군. 왜 그렇소? 내게 말해 보시오." 그가 말했다.

"아무 일도, 아무 일도 없어요, 로체스터 씨. 전 우울하지 않아요."

"당신은 우울한 게 맞소. 내가 몇 마디만 더하면 당신 눈에서 눈물이 나올 만큼 우울하오. 진짜로, 지금 눈물방울들이 반짝이면서 떨어지려고 하고 있소. 결국 눈물방울이 속눈썹에서 미끄러지듯 내려와서 포석으로 떨어졌소. 내게 시간이 있다면, 무슨 일인지 알아냈을 텐데. 좋소, 오늘 밤은 내 용서를 구하오. 하지만 손님들이 머무는 동안, 매일 저녁 당신이 응접실로 내려오길 바라오. 나의 소원이니 무시하지 마시오. 잘 자요, 내……." 그는 자기 입술을 깨물어 말을 멈추고는 불쑥 가버렸다.

손필드 저택에서 이렇게 떠들썩한 날들과 바쁜 날들이 있었다. 그 지붕 밑에서 고요하고 단조롭고 고독했던 첫 3개월과 얼마나 달랐던지! 온갖 슬픈 감정들이 나를 이 집에서 몰아내는 것 같고, 온갖 울적한 연상도 잊혀진 듯했다.

나는 로체스터 씨를 사랑하게 되었다. 지금은 그를 사랑하지 않을 수 없다. 단지 그가 날 주목하지 않게 되었다는 것을 알았기 때문이고, 그가 있는 곳에서 내가 몇 시간을 있는데도 그는 내 쪽으로 한 번도 눈길을 돌리지 않았기 때문이며, 그의 관심은 온통, 지나가면서 드레스 단으로도 나를 건드리며 멸시하는 그 멋진 아가씨한테 쏠린 것을 보았기 때문이다.

Chapter 15

어느 날 오후, 어떤 신사의 하인처럼 보이는 사람이 나를 기다리고 있었다. 그는 짙은 빛깔의 상복을 입고 있었고 손에 들고 있는 모자 둘레는 검은 크레이프 (주름진 비단) 띠가 쳐져 있었다.

"아가씨께서 저를 거의 기억하지 못하실 줄 압니다." 내가 들어가자 그가 일어나며 말했다. "저는 레븐입니다. 아가씨께서 8, 9년 전에 게이츠헤드에 계실 때 리드 부인의 마부였지요. 그리고 저는 지금도 거기 살고 있습니다."

"아, 로버트! 어떻게 지냈어요? 기억나요. 가끔씩 나에게 조지아나 양의 조랑말을 태워 줬었죠. 베시는 어때요? 베시와 결혼하셨죠?"

"예, 아가씨. 베시는 참 마음이 따뜻하죠, 고맙습니다. 베시가 두 달 전에 또 아기를 낳아서 지금은 아기가 셋입니다. 엄마와 아기 모두 건강합니다."

"로버트, 집안사람들은 다 잘 있어요?"

"아가씨, 좋은 소식을 갖고 오지 못해서 죄송합니다. 지금은 모두들 아주 안 좋습니다. 큰 곤경에 빠졌어요. 존 씨께서 일주일 전에 돌아가셨어요. 런던의 침실에서 말입니다."

"존이요?"

"예."

"그 어머니는 어떻게 견디고 계셔요?"

"에어 아가씨, 그런데, 그게 평범한 사고가 아니었어요. 존 도련님의 생활이 아주 제멋대로였거든요."

"베시한테서 그가 잘 지내지 못한다는 얘기는 들었어요."

"최악이었죠. 세상에서 가장 나쁜 사람들과 어울리면서 건강과 재산을 망쳤어요. 그러고는 약 3주 전에 게이츠헤드에 와서, 마님께 모든 것을 자신에게 넘기라고 했죠. 마님은 거절했어요. 그래서 도련님께서는 다시 런던으로 돌아가셨고, 거기서 죽었다는 소식이 왔어요. 어떻게 돌아가셨는지 누가 알겠어요! 사람들은 도련님이 자살했다고들 합니다."

나는 아무 말도 하지 않았다. 너무나 끔찍했다. 로버트 레븐이 다시 말했다.

"마님께서 그때부터 건강을 잃으셨어요. 3일 동안 말씀을 통 안 하십니다. 겨우 어제 아침에 아가씨 이름을 말하는 것을 베시가 알아들었어요. 마님이 '제인을 불러, 제인 에어를 데려와. 그 애한테 말할 게 있어.' 하고 말씀하셨어요. 아가씨들은 처음에는 미뤘어요. 하지만 어머니가 아주 힘들어하면서 '제인, 제인' 하고 여러 번 말하자 결국에는 허락했어요. 저는 어제 게이츠헤드를 출발했습니다. 아가씨께서 준비가 되시면 내일 아침에 일찍 모시고 갔으면 합니다."

"그래요, 로버트. 준비할게요. 내가 꼭 가야 할 것 같아요."

나는 5월 1일 오후 5시쯤에 게이츠헤드에 도착했다.

지금도 여전히 적대적인 집이, 다시 내 앞에 서 있었다. 나는 여전히 이 땅에서 방랑자 같다는 느낌이 들었지만 내 자신에 대해서 좀 더 확고한 믿음과 능력을 경험했고, 무서운 압박감은 덜 느꼈다. 내 잘못들과 크게 벌어진 상처 역시 지금은 많이 치유되었고, 불같이 타오르던 분노도 꺼졌다.

"먼저 식당으로 가 계세요." 베시가 복도를 앞서 가며 말했다. "아가씨들께서 거기 계실 거예요."

"리드 부인은 어때?" 내가 조지아나를 침착하게 바라보고는 곧 물었다.

"리드 부인? 아! 우리 엄마를 말하는구나. 엄마는 몹시 안 좋아. 오늘 밤에 네가 엄마를 뵐 수 있을지 모르겠다."

"네가 올라가서 내가 왔다고 말해 주면, 참 고맙겠다."

내가 익히 아는 얼굴이 있었다. 단호하고 가차 없는 얼굴. 얼마나 자주 나를 위협과 증오로 내리쏟았던가! 이 냉혹한 얼굴을 더듬어 보니 어린 시절의 공포와 슬픔이 얼마나 다시 떠올랐던지! 그렇지만 나는 몸을 구부리고서 그 얼굴에 키스했다. 그녀가 나를 쳐다보았다.

"제인 에어니?" 그녀가 말했다.

"예, 좀 어떠세요, 숙모님?"

"오, 그래! 내 딸들을 보았겠지?"

"네."

"그렇다면, 내 마음속에 있는 것들 몇 가지를 너와 얘기할 수 있을 때까지 네가 여기 있기를 바란다고 내 딸들에게 말해라. 오늘 밤은 너무 늦었고, 나도 기억해 내기가 어렵구나. 하지만 너한테 말하고 싶은 게 있다. 어디 보자."

"난 그 누가 생각하는 것보다 훨씬 더 너 때문에 고통을 겪었지. 내게 남겨진 큰 짐이었어. 너를 집에서 내보내게 되어서 아주 기뻤어. 로우드에서 너를 어떻게 했을까? 그곳에 열병이 퍼졌고 많은 학생들이 죽었어. 하지만 너는 죽지 않았어. 하지만 난 네가 죽었다고 말했어. 나는 네가 죽길 바랐으니까!"

"참 이상하시네요, 리드 숙모. 왜 그렇게 저를 미워하세요?"

"나는 그 애 엄마가 언제나 싫었어. 내 남편의 유일한 여동생이었고, 남편이 굉장히 편애했었거든. 그녀가 신분이 낮은 자와 결혼했을 때 가족들이 그녀와 연을 끊는 것을 남편은 반대했지. 그리고 그녀가 죽었다는 소식에 남편은 꼭 바보천치처럼 울었어. 남편은 그녀의 아기를 불쌍히 여겼어. 그 아기를 마치 자기 자식인 양 돌보고 애지중지했어. 그 나이 때의 자기 자식들한테 했던 것보다 훨씬 더 말이지. 남편은 죽기 얼마 전에는 그 아기를 자기 침대 옆에 항상 두게 했어. 그리고 죽기 한 시간 전에 내게 그 아기를 계속 키우겠다고 맹세하게 했지. 남편은 약했어. 그렇게 타고났지. 존은 제 아버지를 전혀 안 닮았고, 나는 그래서 기뻤어. 존은 나를, 내 오라비들을 닮았어. 확실히 깁슨 가의 사람이야. 오, 존이 돈 좀 보내라는 편지로 날 좀 그만 괴롭혔으면 좋겠어. 이젠 더줄 돈이 없어. 우리는 계속 가난해지고 있다고. 존은 패배했고 타락했어. 존의 모습은 끔찍해. 나는 존을 보는 게 창피했어."

그녀는 점점 더 흥분했다. "이제는 숙모를 혼자 두는 게 나을 것 같아." 내가 침대 다른 쪽에 서 있던 베시에게 말했다.

"그러셔야겠어요, 아가씨. 하지만 마님께서는 밤에는 종종 이렇게 말씀하세요. 아침이면 진정이 되시지요."

숙모와 내가 다시 이야기를 나누기까지 10일 이상이 흘렀다. 그 사이에 나는 조지아나와 엘리자와 할 수 있는 한 잘 지냈다. 처음에는 둘 다 나에게 정말 차가웠다.

"저예요, 리드 숙모."

"숙모라고." 숙모가 따라 했다. "누가 나를 숙모라고 부르지? 넌 깁슨 가 사람이 아니야. 그래, 난 너를 알아. 저 얼굴과 눈과 이마가 내게 퍽 낯익어. 넌, 너는 제인 에어 같구나!"

나는 아무 말도 하지 않았다. 내가 누구인지 밝혀서 충격을 줄까 봐 두려웠기 때문이다.

"내가 몸이 아주 안 좋다는 것을 안다." 조금 있다가 숙모가 말했다. "죽기 전에 내 마음을 편하게 하는 것이 좋겠구나. 간호사가 여기 있니? 아니면 누구든지 너 말고 이 방에 사람이 있니?"

나는 우리 두 사람만 있다고 확증해 주었다.

"이제, 처리해야겠다. 영원의 세계가 내 앞에 놓여 있으니, 그 애한테 말하는 게 낫겠어. 내 화장대에 가서 그것을 열고서 그 안에 보이는 편지를 가져오너라."

나는 숙모의 지시대로 했다.

"편지를 읽어라." 그녀가 말했다.

내용은 짧았다. 다음과 같은 내용이었다.

"부인, 조카 제인 에어의 주소를 보내 주시고, 조카가 어떠한지 알려 주시겠습니까? 저는 조카가 제가 있는 마데이라로 오기를 바라서 이렇게 짧은 편지를 씁니다. 신이 내 노력을 축복하셔서 충분한 자산을 확보하게 되었습니다. 그런데 저는 결혼을 하지 않았고 자식도 없으므로 제가 사는 동안 조카를 입양하고, 제가 죽으면 그 애에게 남은 유산을 다 물려주길 원합니다. 등등.

존 에어, 마데이라."

편지의 날짜는 3년 전이었다.

"왜 저는 이 소식을 한 번도 못 들었죠?" 내가 물었다.

"그건, 내가 너를 아주 변함없고 철저하게 싫어해서 부유한 곳으로 보내기 싫었기 때문이지. 나는 너의 행동을 잊을 수가 없어, 제인. 나를 향했던 너의 분노, 세상의 그 누구보다도 더 나를 혐오한다고 선언하던 네 말투, 너를 아프게 만든 나에 대한 생각을 밝히고, 내가 너를 끔찍이도 잔인하게 대했다고 주장하던 아이답지 않은 눈초리와 목소리 말이다.

나는 내가 때려 주고 밀어붙인 짐승이 사람의 눈으로 나를 쳐다보고, 사람의 목소리로 나를 저주하는 것처럼 두려웠단다. 물 좀 줘! 오, 어서!"

"오, 리드 숙모." 나는 숙모가 달라는 대로 물을 죽 들이키게 하면서 말했다. "그것들에 대해서는 더 생각하지 마세요. 다 잊어버리세요. 제가 격정에 휩싸여서 한 말들은 용서해 주세요. 그때 저는 어린아이였어요. 그때부터 8, 9년이 지났잖아요."

숙모는 내가 하는 말에 전혀 주의를 기울이지 않았다. 하지만 물을 다 마시고 숨을 돌리자 계속 말했다.

"난 절대로 그것을 잊을 수 없다. 그리고 난 복수를 했어. 왜냐하면 네가 네 삼촌에게 입양되어서 안락하게 사는 것을 나는 참을 수 없었거든. 그래서 나는 이렇게 답장을 썼어. 네 삼촌이 실망하게 되어 안됐지만 제인 에어는 죽었다고. 로우드 학원에서 발진티푸스로 죽었다고 말이야. 이제는 네가 원하는 대로 해라. 편지를 써서 내 주장이 거짓이라고 해. 네가 원하는 대로 나의 거짓말을 폭로해."

"그 일에 대해서는 더 생각하지 마세요, 숙모. 그리고 내게 상냥히 대해 주시고 나를 용서하세요."

"너는 성격이 아주 나빠." 그녀가 말했다. "그리고 그때에 대해서 한 가지 이해가 안 가는 게 있어. 9년 동안이나 어떤 대접에도 참고 잠잠하던 아이가 어떻게 10년 째 되던 해에는 모든 격노와 난폭함을 터뜨렸는지, 나는 이해가 안 가."

"제 성격은 숙모가 생각하는 대로 그렇게 나쁘지 않아요. 저는 화를 잘 내기는 하지만, 앙심을 품지는 않아요. 어린아이로서 저는 숙모가 그렇게 허락했다면 숙모를 기꺼이 사랑했을 거예요. 그리고 솔직히 저는 지금, 숙모와 화해하기를 간절히 바라고 있어요. 제게 키스해 주세요, 숙모. 그렇지만 저를 사랑하든지 미워하든지 마음대로 하세요." 나는 마지막으로 이렇게 말했다. "저는 숙모를 완전히 그리고 기꺼이 용서했어요. 이제 하나님의 용서를 구하고 평안하세요."

그때 간호사가 들어왔고, 베시도 따라왔다. 나는 반 시간을 더 머물면서 숙모에게서 화해의 사인을 볼 수 있기를 바랐다. 그러나 숙모는 아무런 사인도 주지 않으셨다. 숙모께서는 곧 다시 인사불성 상태로 들어가셨고, 정신이 다시는 돌아오지 않으셨다. 그날 밤 12시에 숙모는 돌아가셨다. 그녀가 눈을 감을 때 나는 옆에 있지 않았다. 그녀의 두 딸도 없었다. 간호사와 베시가 다음날 아침에 우리에게 와서 모두 끝났다고 말해 주었다. 그때까지 입관 준비가 다 되어 있었다. 엘리자와 나는 숙모를 보러 갔다. 큰 소리로 울음을 터트린 조지아나는 엄마를 보러 갈 엄두가 나지 않는다고 말했다.

엘리자는 어머니를 조용히 살폈다. 몇 분간 아무 말 없이 있다가 그녀가 말했다.

"어머니께서는 체질상 꽤 오래 사셨을 텐데. 성가신 문제들 때문에 수명이 짧아지셨어." 이렇게 말하고 나서 그녀의 입은 경련으로 잠시 수축되었다. 경련이 지나가자 그녀는 돌아서서 방을 나갔고 나도 그렇게 했다. 우리 두 사람 모두 눈물을 흘리지 않았다.

Chapter 16

나의 여행은 지루한 것 같았다. 그것도 아주 많이. 하루에 50마일을 가다가 하룻밤을 여관에서 보냈고, 그 다음날 또 50마일을 갔다.

어느 한여름 밤, 아델라는 헤이 레인에서 반나절 정도 야생 딸기를 싫증이 날 정도로 따다가 일찍 잠을 자러 갔다. 나는 아이를 지켜보다가 아이가 잠이 드는 것을 보고 뜰로 나왔다.

나는 잠시 보도를 걸었다. 그런데 미묘하지만 익숙한 여송연 향이 어떤 창에서 흘러나왔다. 서재의 여닫이창이 손 넓

이만큼 열려 있었다. 거기에서 누가 나를 보고 있을지도 모른다는 것을 알았다. 그래서 나는 과수원에서 떨어져서 걸었다. 이 땅에서 어떤 곳도 이보다 더 아늑하고 외지면서도 에덴동산 같은 곳은 없을 듯했다. 여기에서는 누구에게도 눈에 띄지 않고 거닐 수 있을 듯했다. 그러나 나는 이제 막 떠오르고 있는 달빛에 끌려서 좀 더 넓은 곳으로 발길을 돌렸다가, 걸음을 멈췄다. 어떤 소리를 듣거나 무엇을 보아서가 아니라 주의하게 되는 향이 또 다시 났기 때문이었다.

"제인, 이리로 와서 이것을 좀 보시오."

나는 아무 소리도 내지 않았었다. 그는 뒤에도 눈이 있었나? 그림자도 느낄 수 있었나? 나는 처음엔 움찔했지만 그에게 다가갔다.

"제인, 내 옆으로 와서 서로에 대해 얘기하고 서로를 이해합시다."

"다시는 당신 옆에 가지 않을 거예요. 지금 저는 떨어져 나왔고, 되돌릴 수 없어요."

"하지만 제인, 나는 당신을 내 아내로 부르겠소. 내가 결혼하고 싶은 사람은 오직 당신뿐이오."

나는 아무 말도 하지 않았다. 그가 나를 놀린다고 생각했기 때문이다.

"제인, 이리로 오시오."

"당신의 신부가 우리들 사이에 있잖아요."

그는 일어나서 내 옆으로 성큼성큼 걸어왔다.

"나의 신부는 여기 있소." 그가 말하면서 다시 나를 끌어당겼다. "나와 동등한 사람, 나와 닮은 사람이 여기 있기 때문이오. 제인, 나와 결혼해 주겠소?"

나는 계속 아무 말도 안 했고, 그에게서 빠져나오려고 몸부림쳤다. 왜냐하면 여전히 나는 믿기지 않았기 때문이다.

"제인, 당신은 완전히 나의 사람이 되어야 하오. 내 사람이 되어 주겠소? 어서, 그러겠다고 말해 주시오."

"로체스터 씨, 그렇다면 당신과 결혼하겠어요."

결혼 전 연애 기간이 흘러갔다. 마지막 시간들이 초읽기에 들어갔다. 다가오는 결혼식 날을 연기할 가능성은 없었다. 그리고 그날을 위한 모든 준비가 다 되었다. 마침내 내가 해야 할 일도 더 이상 없었다.

Chapter 17

우리는 조용하고 소박한 교회로 들어갔다. 흰 중백의를 입은 사제가 낮은 제단에서 기다리고 있었고, 서기도 그 옆에 있었다. 사방이 고요했다. 단지 두 개의 그림자가 먼 구석에서 안으로 들어왔다.

우리는 제단 앞 난간으로 이동했다. 나는 뒤에서 조심스러운 듯한 발소리가 나는 것을 듣고는 어깨 너머로 흘깃 보았다. 낯선 두 사람 중에서 한 사람, 신사로 보이는 자가 제단 옆자리로 나아오고 있었다. 예식이 시작되었다.

"이 두 사람이 법적으로 결혼하는 데 방해가 되는 것이 있다면 지금 고백하기를 요구합니다."

사제는 관습에 따라서 잠시 식을 멈추었다. 그러고는 책에서 눈도 들지 않은 채 잠시 숨을 멈춘 다음에 계속 예식을 진행했다. 사제가 벌써 손을 로체스터 씨에게로 향하고서 "당신은 이 여자를 당신의 합법적인 아내로 맞이하겠습니까?" 하고 묻고 나서 입을 채 닫기도 전에, 가까이에서 뚜렷한 목소리가 들려 왔다.

"이 결혼은 이루어질 수 없습니다. 이 혼인에 장애가 있음을 선언합니다."

이렇게 말한 사람이 앞으로 나와서 난간에 기댔다. 그는 한 마디 한 마디 조용하면서도 분명하게 계속, 하지만 크지 않게 말했다.

"간단히 말해서, 이미 결혼 관계가 있습니다. 로체스터 씨에게는 지금도 살아 있는 아내가 있습니다."

"당신은 누구요?" 사제가 침입자에게 물었다.

"저는 브릭스입니다. 런던 ○○가에서 변호사로 있습니다."

"됐소! 총알이 발사된 것처럼 모든 게 단번에 날아가 버렸소. 우드, 책을 덮고 중백의를 벗으시오. 존 그린은 (서기에게) 교회를 떠나시오. 오늘 결혼식은 없습니다." 서기는 그렇게 했다.

로체스터 씨는 대담하고 아무것도 개의치 않으며 계속 말했다. "신사 분들, 내 계획은 끝났소. 이 변호사와 그의 고객의 말이 사실이오. 나는 이미 결혼했고, 나와 결혼한 여자는 살아 있소! 우드 씨, 당신은 저기 보이는 집에서 로체스터 부인이라는 말을 들어 본 적이 없을 것이오. 하지만 아마도 이상한 미치광이를 감금하고 있다는 소문은 여러 번 들었을 것이오. 그 여자가 바로, 15년 전에 결혼한 제 아내, 버사 메이슨이오. 지금 다리를 떨면서 볼이 하얗게 질린 이 단호한 인사를 보시오. 그녀는 사람이 얼마나 단단한 마음을 품을 수 있는지를 보여 주는 이 사람의 누이오. 그 사람, 버사 메이슨은 미쳤소. 그녀의 가족 내력이 미쳤소. 3대에 걸쳐서 바보와 미치광이들이 나왔소! 그녀의 어머니는 크리올 사람으로 미친데다가 술고래였소! 버사도 순종적인 아이처럼 이 두 가지면에서 부모를 꼭 빼닮았소. 브릭스, 우드, 메이슨, 모두 우리 집으로 와서 풀 부인의 환자, 곧 내 아내를 만나 보시오! 내가 얼마나 속아서 결혼하게 되었는지 보게 될 거요. 그리고 나서 내가 그 결혼을 깰 권리가 있는지 없는지 판단하고, 최소한의 인간적인 면에서 동정심을 가지시오. 모두 이리로 오시오!"

그는 내 손을 계속 잡은 채 나아갔고 계단을 올랐다. 신사들에게는 자기를 따라오라고 계속 손짓하면서, 그들은 그를 따라왔다. 우리는 첫 번째 계단을 올라서 회랑을 지났고 3층으로 나아갔다. 로체스터 씨가 마스터키로 검은 문을 열고 태피스트리[1]가 걸린 방으로 이끌었다. 방에는 커다란 침대와 그림이 그려진 캐비닛이 있었다.

그는 벽에서 벽걸이 천을 들어 올리고는 두 번째 문을 드러냈다. 그리고 그 문도 열었다. 창문도 없는 방에 높고 튼튼한 철망이 쳐진 벽난로에 불이 타오르고 있었고, 천장에는 등이 쇠줄에 매달려 있었다.

미친 여자가 우렁차게 고함을 쳤다. 나는 그 자줏빛의 부은 얼굴을 알아보았다. 풀 부인이 나왔다.

"저 사람이 내 아내요." 그가 말했다.

───────────

나는 평소처럼 내 방에 혼자 있었다. 눈에 띄는 변화 없이. 아무것도 나를 괴롭히거나 헐뜯거나 상처를 입히지는 않았다. 그렇지만 어제의 제인 에어는 어디로 갔는가? 그녀의 인생은 어디에 있나? 그녀의 미래는 어디에 있나?

열정적이며 거의 신부가 되리라 기대하던 여인, 제인 에어는 다시 차갑고 외로운 소녀가 되었다. 그녀의 삶은 어슴푸레했다. 그녀의 미래는 황량했다.

나의 소망은 미묘한 비운에 부딪혀 모두 사라졌다. 마치 이집트 땅에서 처음 태어난 모든 자들이 하룻밤 사이에 쓰러진 것 같았다. 나는 어제만 해도 피어나고 빛나던 소중한 소망들을 보았는데, 그것들은 이제 다시는 살아날 수 없는 뻣뻣하고 검푸르러진 차가운 시체가 되었다.

나는 내 사랑을 바라보았다. 나의 주인의 사랑이라는 감정, 그가 만들어 낸 사랑을 말이다. 그것은 내 마음속에서 떨었다. 마치 추운 요람 속에 누운 아기가 고통스러워하는 것 같았다. 병과 고통이 그것을 붙잡았고, 로체스터 씨의 품을 찾지 못했다. 그의 품에서 온기를 끌어낼 수 없었다. 오, 그것은 더 이상 그에게로 갈 수 없었다. 왜냐하면 믿음이 엉망이 되었기 때문이다. 신뢰가 파괴되었기 때문이다! 로체스터 씨는 이제 나에게 예전과 같은 사람이 아니었다. 왜냐하면 내가 그이라고 생각했던 그 사람이 아니었기 때문이다. 그가 부도덕하다고 하지는 않겠다. 그가 날 배신했다고 말하지는 않겠다. 하지만 흠 없는 진실이란 속성이 그의 생각과 그의 존재에서 떠나갔기 때문에 나는 가야 한다. 나는 이 점을 잘 알았다. 하지만 언제, 어떻게, 어디로 가야 할지는 아직 분별이 되지 않았다. 그러나 그가 손필드에서부터 나를 서두르게 할 것임을 나는 의심하지 않았다. 그가 나를 진정으로 사랑했을 것 같지 않았다. 아주 잠깐의 열정이었을 것 같았다. 그것이 방해를 받았다. 그래서 그는 더 이상 나를 원하지 않을 것이었다. 이제 나는 그와 마주치는 것도 두려워해야 할 것이다. 그는 나를 보는 것만도 싫을 것이 분명했기 때문이다. 오, 내 눈이 얼마나 멀었던가! 내 행동이 얼마나 약했던가!

내 눈이 덮이고 감겼다. 맴도는 어둠이 내 주변을 뒤덮는 것 같았고, 어떤 형상이 까맣고 흐릿하게 흐르는 것 같았다. 자포자기하고 힘과 의지가 다 빠진 나는 큰 강의 말라버린 강바닥에 몸을 누인 듯했다. 먼 산에서 봇물이 터지는 소리가 들렸고, 급류가 오는 게 느껴졌다. 나는 일어설 의지도, 달아날 힘도 없었다. 나는 죽게 되기를 갈망하면서 힘없이 누워 있었다. 단 하나의 생각만이 내 안에서 생명처럼 울렸다. 바로 하나님에 대한 기억이었다. 무언의 기도가 나왔다. 그 말들이 한 줄기 빛도 없이 캄캄한 내 마음속에서 위아래로 돌아다녔다. 마치 뭔가가 속삭여지는 것 같았지만 그것들을 내보낼 힘은 없는 것 같았다.

"나를 멀리하지 말아 주십시오. 환난이 가까이 닥쳐왔지만, 나를 도와줄 사람이 없습니다."

급류가 가까이에 있었다. 그러나 내가 그것에서 피하기 위해 하늘에 기도를 드리지 않았기 때문에, 손을 모으지도 않았지만 무릎을 꿇거나 입술을 움직이지 않았기 때문에 급류가 왔다. 엄청나게 휘도는 급류가 나를 삼켰다. 의지할 데 없는 내 삶과 잃어버린 사랑, 꺼진 소망, 죽음의 타격을 받은 믿음, 이 모든 의식은 하나의 침울한 덩어리가 되어 내 위에서 엄청나게 요동쳤다. 그 쓰디쓴 시간은 뭐라고 설명할 수 없었다. 말 그대로, "목까지 물이 찼고, 발붙일 곳이 없는 깊고 깊은 수렁에 빠졌다. 물 속 깊은 곳으로 빠져들어 갔으니, 큰 물결이 나를 휩쓸어 갔다."

1) 여러가지 색실로 그림을 짠 직물. 벽걸이나 가리개 등의 실내 장식품으로 쓴다.

Part

III

Chapter 18

이틀이 지났다. 여름 날 저녁이었다. 마부는 '화이트크로스'라는 광장에 나를 내려놓았다. 내가 준 돈으로는 마부가 더 이상 날 태워 줄 수 없었고, 내게는 1실링도 없었다. 마차는 지금쯤은 1마일은 더 갔을 것이었다. 나는 혼자이다.

내가 어떻게 해야 했을까? 어디로 가야 할까? 아, 내가 아무것도 할 수 없고 아무 데도 갈 수 없을 때, 참을 수 없는 질문들이다.

나는 양옆의 집들을 둘러보면서 길을 걸었다. 하지만 어느집에라도 들어갈 만한 구실이나 끌리는 것을 찾을 수 없었다. 나는 굉장히 지쳤고, 배가 고파서 몹시 괴로웠다. 나는 길옆으로 나와 울타리 밑에 앉았다.

나는 근처의 집들로 다가갔다.

문으로 들어가 떨기나무[1] 사이를 지나자 집의 윤곽이 드러났다. 집은 검정색에 낮고 긴 편이었는데, 안내하는 불빛은 어디에도 없었다. 사방이 어두웠다. 안에 사는 사람들이 쉬려고 다 들어갔나? 나는 그랬을 것이라는 생각에 두려웠다. 나는 출입문을 찾아서 모퉁이를 돌았다. 희미하지만 반가운 불빛이 아주 작은 격자창의 마름모꼴 판유리에서 다시 퍼져 나왔다. 내가 창으로 몸을 숙이고서, 그 위로 늘어진 나뭇잎 가지들을 치우자 집안이 훤히 다 보였다.

이렇게 소박한 부엌에 저런 사람들이 있다니, 참 이상한 곳이었다. 그들은 누구일까? 그들은 식탁에 앉은, 저 나이든 사람의 딸들은 아닐 것이었다. 왜냐하면 노인은 투박해 보였지만 저 여자들은 모두 섬세하고 교양이 있었기 때문이다. 그들과 같은 얼굴을 나는 어디서도 본 적이 없었다. 그럼에도 불구하고 나는 그들을 가만히 바라보았다. 얼굴 생김새가 친숙한 듯했기 때문이다. 그들은 잘 생겼다고 할 수는 없었다. 그들은 말 그대로 너무 창백했고 진지했다. 그들 각자가 책에 고개를 숙이자 사려 깊다 못해 거의 엄격해 보였다.

시계가 10시를 쳤다.

"저녁 드시고 싶으시겠어요. 존 씨께서 오시면 먹어요." 나이 든 하녀, 한나가 말했다.

그녀는 식사를 준비했다. 숙녀들은 자리에서 일어났다. 그들은 응접실에서 막 나가려는 것 같았다. 그때까지 나는 그들을 지켜보는 데 아주 열중했다. 그들의 모습과 대화가 너무 흥미로워서 내 자신의 비참한 처지를 거의 잊었었는데, 이제 다시 내 처지가 떠올랐다. 나는 그 어느 때보다도 더 외롭고 더 자포자기에 빠져서 그들과 대조되는 것 같았다. 이 집에 사는 사람들의 관심을 내게로 이끄는 일이 얼마나 불가능해 보이던지. 내가 문을 더듬어 찾고 나서 주저하다가 문을 두드리자 한나가 문을 열었다.

"무슨 일이세요?" 그녀가 들고 있던 촛불에 비추어 나를 살펴보고는 놀란 목소리로 물었다.

"여주인들과 이야기할 수 있나요?" 내가 말했다.

"제게 먼저 말씀하시는 게 좋겠어요. 어디에서 오셨나요?"

"전 타지에서 왔어요."

"이 시간에 여기는 뭐 하러 왔나요?"

"별채나 어디 다른 곳에서든 밤을 보낼 곳이 필요합니다.

그리고 빵도 조금요.”

내가 두려워했던 바로 그 느낌, 불신감이 한나의 얼굴에 나타났다. “빵은 한 조각 드릴게요.” 그러고 나서 그녀는 잠시 쉬었다가 말했다. “하지만 부랑자에게는 숙소를 내 줄 수 없어요.”

“여주인에게 말할 수 있게 해 줘요.”

“안 됩니다. 그들이 당신에게 무엇을 해 주겠어요? 지금 이곳을 돌아다니면 안 됩니다. 아주 부도덕해 보이니까요.”

“저를 쫓아내시면 전 어디로 갑니까? 전 어떻게 합니까?”

“아, 어디로 가고 무엇을 해야 할지 자기 자신이 알겠죠. 나쁜 짓만 하지 마세요. 1페니를 줄 테니, 이제 가세요.”

“1페니로 먹을 수는 없어요. 나는 더 갈 힘도 없어요. 문을 닫지 마세요. 오, 그러지 마세요, 제발!”

“어쩔 수 없어요. 비가 안으로 들어와서…….”

여기에서, 충실하지만 완고한 하녀는 문을 쾅 닫았고 안에서 빗장을 걸어 잠갔다.

여기가 절정이었다. 나는 격렬한 공복통에—진짜 참을 수 없는 격통이었다.—가슴이 찢어지는 듯하고 격렬하게 들썩거렸다. 말 그대로 구멍이 뚫리는 듯해서 한 발짝도 꿈쩍할 수 없었다. 나는 젖은 문간에 주저앉았다. 끙끙거리며 손을 꽉 쥐었다. 나는 극심한 고통으로 울었다. 아, 이 죽음의 공포! 아, 이 마지막 시간이 이처럼 무섭게 다가오다니! 아아, 이 고립감, 나의 사람들로부터 추방된 느낌! 희망의 닻뿐만 아니라 용기의 기반도 사라졌다. 적어도 당장 그때만은 말이다. 그러나 마침내 나는 다시 용기를 가지려고 필사적으로 노력했다.

"나는 죽을 수밖에 없어. 그리고 나는 하나님을 믿어. 조용히 그분의 뜻을 기다리게 하소서." 하고 나는 말했다.

"인간은 모두 죽습니다." 바로 가까이에서 어떤 목소리가 들려왔다. "하지만 모두가 당신처럼 오래 끌거나 너무 이른 죽음을 맞게 되어 있지는 않습니다. 만약 당신이 여기에서 곤궁에 빠져 죽는다면 말입니다."

새로 나타난 사람은 크고 길게 문을 두드리면서 사람을 불렀다.

"세인트 존 도련님이에요?" 한나가 소리쳤다.

"예, 그래요. 어서 문 여세요."

"이렇게 날씨 사나운 밤에 얼마나 몸이 젖고 추우시겠어요! 어서 들어오세요. 아가씨들께서 도련님을 걱정하시느라 안절부절 못하셨어요. 그리고 밖에는 안 좋은 사람들도 있을 테고요. 구걸하는 여자가 있었어요. 아직 안 갔군요! 일어나요! 부끄러운 줄 아시오! 가라고 말했잖소!"

지금 나는 깨끗하고 환한 부엌 안, 난로 바로 옆에 서 있었다. 병들어 떨면서. 두 자매와 그들의 오빠 세인트 존 씨와 나이 든 하녀, 모두가 나를 바라보고 있었다.

"존 오라버니, 누구예요?" 누군가 묻는 소리가 들렸다.

"모르겠어. 문 앞에 있었어." 대답이 들렸다.

"아주 창백해 보여요." 한나가 말했다.

3일째 되는 날 나는 나아졌다. 4일째에는 말하고 움직이고 침대에서 일어나 돌아설 수 있었다.

"나는 목사의 딸로 고아예요. 부모님은 내가 알기도 전에 돌아가셨어요. 그래서 식객으로 자랐고, 자선기관에서 교육받았어요. 그 기관의 이름을 알려 드릴 수 있어요. ○○주에 있는 로우드 자선 학교, 거기서 학생으로 6년, 선생으로 2년을 지냈어요. 리버스 (세인트 존을 말한다) 씨, 그곳에 대해서 들어 보셨나요? 로버트 브로클허스트 씨가 회계 담당자였어요."

"당신의 진짜 이름은 안 가르쳐 주시겠소?"

"예. 모든 것을 알아낼까 봐 두려워서요."

"오빠, 이제 그녀를 가만 놔둬요." 다이애나가 말했다.

1) 밑동에서 가지를 많이 치는 나무. 무궁화, 진달래, 앵두나무 등

Chapter 19

세인트 존이 편지를 읽으면서 창가를 지나서 안으로 들어
왔다.

"존 삼촌께서 돌아가셨어." 그가 말했다.

두 자매 모두가 충격을 받은 듯했다. 그들의 눈에는 이 소
식이 비참하다기보다는 중대한 것 같았다.

"돌아가셨어요?" 다이애나가 물었다.

"응."

그녀는 오빠의 얼굴을 뭔가를 찾는 듯한 눈길로 뚫어져라

바라보았다. "그리고요?" 그녀는 작은 목소리로 물었다.

"그리고 뭐, 다이애나?" 그가 돌처럼 꿈쩍도 하지 않은 채 대답했다. "그리고? 아무것도. 읽어 봐."

그가 편지를 다이애나의 무릎에 던졌다. 그녀는 편지를 흘 끗 보더니 메리에게 건넸다. 메리는 편지를 아무 말 없이 자 세히 읽고는 오빠에게 돌려주었다. 세 남매는 서로를 바라보 고는 모두 미소를 지었다. 음울하면서도 수심이 깃든 미소였 다.

"아멘! 우리는 아직 살아 있잖아." 마침내 다이애나가 말했 다.

잠시 동안 아무도 말하지 않았다. 그러다가 다이애나가 나 를 돌아보았다.

"제인, 너는 우리와 우리의 비밀에 대해서 궁금할 거야." 그녀가 말했다. "그리고 삼촌처럼 가까운 친척이 죽은 것에 대해서 감정도 없는, 마음이 굳은 사람들이라고 우리를 생각 할 거야. 하지만 우리는 그를 한 번도 본 적이 없고 알지도 못해. 그분께서는 우리 엄마의 오빠셨지. 우리 아버지와 삼 촌께서는 아주 오래 전에 다투셨어. 삼촌의 권고로 아버지께 서는 투자를 하셨는데 거기에 재산 대부분을 거는 위험을 감수하셨고, 그로 인해서 파산하셨어. 아버지와 삼촌께서는 서로를 비난하셨지. 두 분은 서로 화를 내며 갈라지셨고, 다시는 화해하지 못하셨어. 삼촌께서는 그 뒤로 훨씬 큰일에 투자하셨어. 2만 파운드라는 거금을 거두셨던 것 같아. 삼촌은 결혼하지 않았기 때문에 우리와 또 다른 한 사람 말고는 가까운 친척이 없으셨어. 그래도 그 사람이 우리보다 가깝지는 않았어. 아버지는 삼촌이 재산을 우리에게 남김으로써 잘못을 속죄할 것이라고 늘 생각하셨지. 그런데 이 편지에는 삼촌이 1페니까지 유산을 다른 친척에게 남기셨다고 씌어 있어. 단지 세이트 존과 다이애나와 메리 각 사람에게 추모 반지를 사도록 30기니만 남기셨지. 물론, 삼촌은 삼촌 마음에 드시는 대로 하실 권리가 있어. 그래도 우리는 이러한 소식을 받고는 잠시 동안 낙심이 되었던 거야."

Chapter 20

마침내 찾은 나의 집은 작은 시골집이다. 희게 칠한 벽과 모래 빛깔 바닥의 작은 방 하나에 색을 입힌 의자 네 개와 식탁 하나, 시계 하나, 찬장 하나, 두세 개의 쟁반과 접시들, 차를 마실 때 쓰는 채색 도기 세트 하나가 있었다. 거기에다가 부엌과 크기가 같은 침실에 소나무 침대 틀과 서랍장도 하나 있다. 그것은 작지만 몇 벌 안 되는 나의 옷들로 채우기에는 또 너무 크다. 그럼에도 불구하고 친절하고 마음이 넓은 나의 친구들이 여기에다가 필요한 수수한 물품들을 더해 주었다.

저녁이다. 나는 잔심부름꾼으로 일하는 어린 고아를 오렌지 하나를 주고 돌려보냈다. 나는 난롯가에 혼자 앉아 있다. 오늘 아침에 마을의 학교를 열었다. 학생이 스무 명이었다.

하지만 세 명만 읽을 수 있고, 쓰거나 계산을 할 줄 아는 학생은 하나도 없다. 몇몇이 뜨개질을 하고, 아주 소수만 바느질을 조금 한다. 학생들은 지역의 강한 악센트를 넣어서 말한다. 현재 그들과 나는 서로의 말을 이해하기가 어렵다. 어떤 학생들은 예의가 없고 거칠고 무지막지해서 다루기가 힘이 들지만, 또 어떤 학생들은 유순하고 배우고자 하는 바람이 있으며 나를 기쁘게 해주는 성격을 보여 주었다. 타고난 탁월함과 품위, 지능, 친절함의 싹들이 상류층 사람들의 마음뿐만이 아니라 이들의 마음에도 거의 틀림없이 있다는 것을 나는 잊지 말아야 한다. 나의 의무는 이 싹들을 자라게 하는 데 있을 것이다. 그 일을 이행함으로써 나는 확실히 행복을 찾을 것이다.

─────────

나는 할 수 있는 한 적극적이고 충실하게 마을 학교의 일을 계속했다. 처음에는 정말로 힘이 들었다. 모든 노력을 다하며 얼마간의 시간이 흐르자 학생들과 그들의 성격을 이해할 수 있게 되었다. 배우는 데 아주 열의가 없고 전혀 가르침을 받아 본 적이 없는 그들은 내게 아주 둔해 보였다. 처음에는 모두 비슷하게 둔해 보였는데, 곧 내가 잘못 생각했음을 알게 되었다. 가르치면서 보니 그들 사이에 차이가 있었다. 그리고 내가 그들을 알아가고, 그들이 나를 알아가자 그 차이는 급속하게 커져 갔다. 나와 나의 언어, 규칙, 방식들에 대한 그들의 놀라움이 일단 진정되자 우울해 보이는 입을 딱 벌리고 있던 시골뜨기들은 깨어나 재치있는 소녀들로 변해 가는 것을 나는 발견했다. 많은 학생들이 친절하고 정감이 있었고, 그들 중 적지 않은 학생들이 천성적으로 예의 바르고 자존심이 있었으며, 또한 능력이 뛰어나서 나는 그들에게 호의를 보여 주었고, 감탄했다.

어떤 면에서 그들의 빠른 성장은 놀랍기까지 했다. 여기에 나는 순수하고 행복한 자부심을 가졌다. 게다가 나는 몇몇 소녀들을 개인적으로 좋아하게 되었고, 그들도 나를 좋아했다. 나의 학생들 중에는 농부의 딸들이 여럿 있다. 거의 다 자란 젊은 여인들이었다. 그들 가운데서 존경할 만한 학생들이 있었다. 지식을 원하고, 향상을 바라는 학생들의 집에서 나는 유쾌한 저녁 시간들을 많이 보냈다. 그러면 그들의 부모(농부와 아내)는 내게 크게 신경을 써 주었다. 그들의 순수한 친절을 받고, 배려─그들의 감정을 세심하게 고려하는 것─로 갚아 주는 것은 내게 큰 기쁨이었다. 아마도 그들은 평생 그러한 배려에 익숙하지 않았을 것이어서, 나의 배려는 그들을 매혹시키고 그들에게 유익했을 것이다. 왜냐하면 배려가 그들의 입장에서는 그들을 기분 좋게 하였고, 그들은 그러한 공손한 대우를 받을 만하다고 생각하게 되었기 때문이다.

나는 이웃이 좋아하는 사람이 되었음을 느꼈다. 밖으로 나갈 때마다 사방에서 따뜻한 인사말을 들었고, 호의적인 미소로 환영을 받았다. 노동자들의 존경이기는 했지만 일반적인 사람들의 존경 가운데서 사는 것은 "평온하고 달콤한 햇살 아래 앉아 있는" 것과 같다. 마음속의 평화로운 느낌이 햇살 아래서 싹을 틔우고 꽃을 피운다.

Chapter 21

세인트 존 씨가 앉았다.

나는 그가 뭔가를 말하기를 기대하며 기다렸다. 하지만 그는 손을 턱에 괴고 손가락을 입술에 대고 있었다. 그는 뭔가를 생각하고 있었다. 그의 손이 얼굴처럼 쇠약하다는 것에 나는 충격을 받았다. 아마도 까닭 없는 동정심이 내 마음에서 솟아났던 것 같다. 그 대신에 내가 말을 했다.

"다이애나나 메리가 와서 당신과 함께 살기를 바래요. 당신 혼자 외롭게 사는 것은 너무 안 좋아요. 게다가 당신은 무모할 정도로 자신의 건강에 대해서는 무지해요."

"전혀 그렇지 않소." 그가 말했다. "필요하다면 나도 내게 신경을 써요. 지금 난 좋아요. 내게서 뭐 잘못된 것을 보나요?"

또 다시 우리 사이에 아무 말도 없어졌고, 시계는 8시를 알렸다. 그 소리에 그가 깨어났다. 그는 책상다리를 풀고 똑바로 앉아서 나를 향했다.

"잠시, 책은 놔두고 불가로 조금 더 가까이 와 보시오." 그가 말했다.

무슨 일인지, 나는 더욱 궁금해졌다. 나는 그의 말에 순순히 따랐다.

"20년 전에 한 가난한 부목사―지금 당장은 그의 이름에 신경 쓰지 마시오―가 한 부자의 딸과 사랑에 빠졌소. 그 딸은 그와 사랑에 빠져서 모든 친구들의 충고를 듣지 않고 그와 결혼했소. 그래서 그녀의 친구들은 그녀가 결혼하자 곧바로 그녀와 관계를 끊었소. 그로부터 2년이 지나기도 전에 무분별한 두 사람은 둘 다 죽었고, 한 묘비 아래에 조용히 그리고 나란히 묻혔소. 그들은 딸을 하나 남겼는데, 그 아이는 태어나자마자 자선단체에 맡겨졌소. 자선단체는 아는 사람 하나 없는 그 아이를 어머니의 부유한 친척 집에 데려다 주었소. 그곳에서 아이는 외숙모한테 키워졌소. 그녀 이름이 (지금 생각이 납니다.) 게이츠헤드의 리드 부인이오. 리드 부인

137

은 그 고아를 10년을 돌보았소. 그녀에게 좋았는지 아니었는지는 내가 말할 수 없소. 들은 적이 없으니까. 하지만 마지막에 그녀는 당신도 잘 아는 그곳, 로우드 학원이라는, 당신이 오랫동안 살았던 그곳에 아이를 보냈소. 거기에서 그 아이의 경력은 아주 훌륭했던 듯하오. 학생에서 시작해서 당신처럼 선생이 되었으니 말이오. 그 아이는 그곳을 떠나서 가정교사가 되었고, 그곳에서도 그 아이의 운명은 당신과 아주 비슷하오. 로체스터 씨라는 사람이 후원하는 아이를 가르치게 되었소."

"리버스 씨!" 나는 그의 말을 중단시켰다.

"당신이 어떤 기분일지 짐작이 가오." 그가 말했다. "하지만 잠시만 참아 주시오. 거의 다 끝나 가니 내 말을 끝까지 들어 주시오. 로체스터 씨의 성품에 대해서는 나는 아무것도 모르지만 그가 이 어린 소녀에게 명예로운 결혼을 제안했다는 한 가지 사실은 아오. 그리고 그 변화가 있을 바로 그때 그 소녀는, 그에게 미치기는 했지만 여전히 살아 있는 아내가 있다는 사실을 알게 되오. 그 뒤에 일어나는 그의 행동과 제안들은 순전히 추측이오. 그 사실이 밝혀진 뒤로 가정교사는 언제, 어디로, 어떻게 사라졌는지 아무도 몰랐소. 그녀는 손필드 저택을 한밤중에 떠났고, 사람들이 아무리 그녀를 찾아도 찾을 수 없었소. 사방의 온 지역을 뒤져 보아도 그녀에 대한 소식은 없었소. 그럼에도 불구하고 그녀를 찾아야 하는

138

문제는 심각하고 급한 문제가 되었소. 모든 신문에 그녀에 대한 광고가 나갔소. 나는 지금까지 이야기한 사항들을 전하는 편지를 변호사 브릭스 씨한테서 받았소. 묘한 이야기이지 않소?"

"이것만 말해 주세요. 그 사실을 알고 있으니 로체스터 씨가 어떻게 되었는지 알려 줄 수 있어요? 그는 어디에서, 어떻게 지내요? 무엇을 하고 있나요? 건강한가요?"

"로체스터 씨에 대해서는 모르오. 그에 대해서는 내가 좀 전에 말했던 불법적이고 사기를 치기 위한 시도에 대해서만 언급되어 있소. 그보다는 오히려 당신은 그 가정교사의 이름을 물어보아야 할 줄로 생각하는데요. 이 사건의 본질은 그녀가 나타나길 요구하니까요."

"그렇다면, 아무도 손필드 저택에 가지 않았나요? 아무도 로체스터 씨를 보지 못했나요?"

"그런 것 같소."

"그들이 그에게 편지를 썼잖아요?"

"그렇소."

"그가 뭐라고 썼어요? 그의 편지들은 누가 가지고 있어요?"

"브릭스 씨가, 이 요청서에 대한 답장은 로체스터 씨가 아니라 어떤 부인이 썼음을 암시하고 있네요. '앨리스 페어팩스'라고 서명이 되어 있소."

"브릭스가 제인 에어에 대해서 나에게 편지를 썼소." 그가 이어서 말했다. "광고는 제인 에어라는 사람을 찾고 있었소. 나는 제인 엘리엇이라는 사람을 아는데 말이오. 나는 의혹들을 품고 있었는데, 어제 오후에야 그 의혹들이 확실하게 다 풀렸소. 당신이 그 이름의 주인이오. 이제 가명은 버리겠소?"

"그래요. 그래요. 브릭스 씨는 어디에 있어요? 그는 로체스터 씨에 대해서 당신보다는 더 잘 알겠지요."

"브릭스는 런던에 있어요. 나는 그가 로체스터 씨에 대해서 뭔가 알고 있으리라고는 생각하지 않소. 그가 관심을 갖고 있는 사람은 로체스터 씨가 아니니까요. 그건 그렇고, 당신은 하찮은 것을 좇느라 중요한 점을 잊고 있소. 브릭스 씨가 왜 당신을 찾는지, 그가 당신에게 뭘 원하는지 묻지도 않소."

"글쎄, 나에게 뭘 원하는데요?"

"단지 당신의 삼촌, 마데이라의 에어 씨가 죽었고, 그의 전 재산을 당신에게 남겼으며, 이제 당신은 부자라고 말하고 있소. 그저 그것뿐이오."

"내가! 부자라고요?"

"그렇소. 부자. 당신은 완전한 상속녀라오."

침묵이 이어졌다.

"아마 내가 당신과 성이 같다는 것은 모르지요? 내 이름은 세인트 존 에어 리버스요."

"오, 그럴 리가! 당신이 여러 번 빌려 주었던 책에 약자 E 가 씌어 있었던 것이 이제야 생각나요. 하지만 나는 그것이 무엇의 약자인지는 한 번도 묻지 않았었죠. 그런데 그래서 요? 설마……."

나는 말을 멈췄다. 나에게 갑자기 떠오른 생각을 받아들이는 내 자신을 믿을 수 없었다. 그것을 표현하기에는 더욱 그랬다. 그런데 잠시 뒤, 그것은 스스로 구체화되어 강하고 견고한 가능성이 되었다. 상황들이 스스로 짜이고 맞춰져서 질서를 잡았다. 지금까지는 일정한 형태 없는 고리들의 덩어리였던 것이 곧게 펴지고 모든 고리들이 완전해지고 완벽하게 연결되었다. 나는 세인트 존이 더 말을 하기 전에 직감으로 문제가 어떻게 되었는지를 알았다. 하지만 독자 여러분이 나와 같은 직감적인 인식을 가지리라고 기대할 수는 없다. 그래서 나는 설명을 다시 해야겠다.

"내 어머니의 이름은 에어요. 어머니께는 남자 형제가 둘 있었는데, 한 명은 게이츠헤드의 제인 리드와 결혼한 목사이고, 또 한 명은 고인이 된 마데이라 풍샬의 상인 존 에어 씨요. 에어 씨의 변호사 브릭스 씨는 지난 8월에 삼촌의 죽음을 알리는 편지를 우리에게 보내면서 삼촌이 재산을 동생이었던 목사의 남겨진 딸에게 남겼다고 썼어요. 그리고 몇 주 전에는 그 상속녀를 못 찾았다고 암시하면서 우리에게 그녀에 대해 아는 것이 있는지 물었어요. 종이쪽지에 무심코 쓴 이름으로 나는 그녀를 찾아낼 수 있었지요. 나머지는 당신도 알 것입니다."

"내 말 좀 들어 봐요." 내가 말했다. "잠시 숨 좀 돌리고 생각 좀 하게 해 줘요." 나는 잠시 멈췄다. 그는 충분히 침착해 보이는 태도로 모자를 손에 들고 내 앞에 서 있었다. 내가 결론을 지었다.

"당신의 어머니가 내 아버지의 누이인가요?"

"그렇소."

"그러니까, 나의 고모인가요?"

그는 고개를 끄덕였다.

"나의 삼촌 존이 당신의 삼촌 존이에요? 당신과 다이애나, 메리가 그 삼촌의 누이의 아이들이에요? 내가 그의 형제의 아이인 것처럼요?"

"명백한 사실이오."

"그렇다면 당신들 셋이 나의 사촌이네요. 우리의 피 절반은 다 같은 근원에서 온 것이에요?"

"맞소. 우리는 사촌지간이요."

Chapter 22

어느 날 나는 평소보다 기분이 더 울적해져서 공부를 시작했다. 가슴에 사무칠 정도로 실망감을 느껴서 기분이 우울해진 것이었다. 아침나절에 한나가 나한테 편지가 왔다고 해서 그것을 가지러 내려갔었다. 오랫동안 기다려 왔던 소식이 마침내 왔다고 거의 확신했었는데 브릭스 씨로부터 온 사업에 관한 중요하지 않은 짧은 소식뿐이었던 것이다. 내게서 쓰디쓴 눈물이 흘렀다. 그리고 지금, 인도 필경사의 읽기 힘든 글자와 수식이 많은 비유들을 놓고 골똘히 생각하자니 내 눈에서는 다시 눈물이 솟았다.

세인트 존이 자기 옆으로 와서 읽으라고 나를 불렀다. 그렇게 하려고 했지만 나는 목소리가 나오지 않았다. 말들이 흐느낌 속에 묻혔다. 응접실에는 그와 나만 있었다. 다이애

나는 객실에서 음악을 연습했고, 메리는 뜰을 손질하고 있었다. 맑고, 햇살이 눈부셨으며, 산들바람까지 부는 아주 화창한 5월이었다. 존은 나의 이런 감정에 놀라는 것 같지 않았고, 왜 그러느냐고 묻지도 않았다. 단지 이렇게 말했다.

"제인, 당신이 좀 더 차분해질 때까지 몇 분 기다립시다."
그리고 내가 감정의 폭발을 서둘러서 억제하는 동안, 그는 자기 책상에 몸을 숙이고 조용하고 끈기 있게 앉아서 예상하고 있었고 전부 알고 있었던 환자의 병세의 위기를 과학의 눈으로 바라보고 있는 의사처럼 나를 지켜보고 있었다. 나는 흐느낌을 억누르고 눈물을 닦고는 그날 아침에 뭔가가 아주 좋지 않았다고 중얼거리다가 다시 공부를 시작하여 끝냈다. 세인트 존은 내 책과 그의 책들을 치우고 책상을 잠그더니 말했다.

"자, 제인, 좀 걸읍시다. 나와 함께 말이오."

나는 중간을 모른다. 나는 지금까지 살아오면서 내 성격과는 정반대의 적극적이면서 냉정하고 적대적인 성격을 다루는 데 있어서 절대적인 굴복과 단호한 반항 사이의 어떠한 중간도 알지 못했다. 나는 때로는 다른 쪽 끝, 화산처럼 맹렬하게 반항이 터지는 순간 바로 직전까지 가기도 하지만 그 순간까지는 언제나 충실하게 한 쪽, 복종을 해 왔다. 지금은 상황이 안정되지도, 현재 기분이 반항을 일으키고 싶지도 않았기 때문에 세인트 존의 지시를 조심스럽게 따랐다. 이렇게 해서 10분 뒤에 나는 협곡의 거친 길을 그와 나란히 걷게 되었다.

"여기서 쉬어 갑시다." 세인트 존이 말했다.

내가 앉았고, 세인트 존도 내 옆에 앉았다. 그는 모자를 벗어서 산들바람에 자기 머리칼이 날리게 했고, 이마에 스치게 했다.

"제인, 난 6주 뒤에 떠나오. 6월 20일에 출항하는 동인도 무역선에 침대칸을 하나 샀소."

"하나님께서 당신을 보호하실 거예요. 당신은 그분의 일을 하고 있으니까요." 내가 대답했다.

"그래요." 그가 말했다. "거기에 나의 영광과 기쁨이 있소. 나는 결코 실수하지 않으시는 주님의 종이오. 나는 인간의 안내를 따라, 즉 약한 벌레 같은 인간의 결함 있는 법률이나 오류의 지배에 의해 가는 게 아니오. 나의 왕이요, 입법자요, 선장은 전능하신 하나님이오. 내 주변의 모든 사람이 똑같은 깃발 아래서, 같은 사업에 합류해서 타오르지 않는 것이 나에게는 이상한 것 같소."

"모두가 당신의 능력을 가지고 있지는 않아요. 그리고 미미한 우리가 강한 자와 나아가기를 바라는 것이 어리석은 일은 아닐 거예요."

"나는 미미한 자들한테 말하고 있는 것도 아니고 그들에 대해 생각하지도 않아요. 단지 그 일을 할 만하고, 완성할 만큼 유능한 사람들에게 말하고 있는 거요."

"그러한 사람들은 소수예요. 그들을 발견하기도 어렵고요."

"당신 말이 맞소. 하지만 그들을 찾았다면 그들을 분발하게 하는 게, 노력하도록 설득하고 촉구하는 게 맞소. 그들의 은사가 무엇인지, 왜 그들에게 그러한 은사가 주어졌는지 보여 주고, 하늘의 메시지를 그들의 귀에 들려주고, 하나님께서 선택하신 곳을 제시하고 안내해야 하오."

"만일 그들이 정말로 그 일에 자격이 있다면, 그들의 마음이 본인에게 먼저 알려 주시지 않을까요?"

나는 마치 끔찍한 주문이 내 주변과 내 위로 씌워지고 모이는 것처럼 느껴졌다. 듣는 순간에 주문에 묶여버리게 되는 어떤 치명적인 말이 들릴까봐 나는 전율했다.

"당신의 마음은 뭐라고 말하오?" 세인트 존이 물었다.

"내 마음은 아무 말이 없어요, 아무 말이." 나는 충격을 받고 흥분이 되어 대답했다.

"그렇다면 그것에 대해서 내가 말해야겠소." 깊고 가차 없는 목소리로 그가 계속 말했다. "제인, 나와 함께 인도로 갑시다. 나를 돕는 자와 동역자로서 갑시다."

협곡과 하늘이 빙빙 돌고, 언덕들이 들썩이는 듯했다! 이것은 마치 하늘로부터 소환하는 소리를 들은 것 같았다. 하지만 나는 사도가 아니었다. 나는 전조를 볼 수 없었다. 그의 요청을 받아들일 수 없었다.

"오, 세인트 존!" 나는 소리쳤다. "용서하세요!"

나는 자신의 의무라고 믿는 일을 이행하면서 연민이나 회한은 전혀 알지 못하는 사람에게 간청했다. 그가 계속 말했다.

"하나님과 천성은 당신을 선교사의 아내로 의도하셨소. 이것은 개인적인 게 아니라 그들이 당신에게 주신 정신적인 자질이오. 당신은 사랑을 위해서가 아니라 노동을 위해서 만들어졌소. 당신은 선교사의 아내가 되어야 하고, 될 것이오. 당신은 나의 아내가 될 것이오. 나는 나의 기쁨을 위해서가 아니라 내 주님의 일을 위해서 당신에게 요구하는 것이오."

"나는 그 일에 적합하지 않아요. 내게는 소명 의식이 없어요." 하고 내가 말했다.

Chapter 23

어느 날 저녁, 나는 화이트크로스의 표지판 아래에 서서 멀리 손필드까지 데려다 줄 마차가 오기를 기다리고 있었다. 조용하고 외진 길과 적막과 언덕들 한가운데서 나는 멀리서부터 마차가 다가오는 소리를 들었다. 그것은 일 년 전, 한여름날 밤에 바로 이 지점에 내려놓았던 그 마차였다. 그때는 얼마나 외롭고, 희망 없고, 목적도 없었던지! 내가 손짓하자 마차가 멈췄다. 나는 마차에 올라탔다. 다시 한 번 손필드로 가는 길에, 나는 메신저 비둘기가 고향으로 날아가는 듯한 느낌이 들었다.

나를 태운 마차는 화요일 오후 화이트크로스를 출발해서 목요일 아침에 길가 여관에서 말들에게 물을 먹이기 위해 멈췄다. 그 여관이 있는 풍경은 푸른 산울타리와 넓은 들판, 낮고 소박하면서 서정적인 언덕이 내 눈에는 낯익은 얼굴을 만난 듯했다. 그래, 나는 이 풍경의 특성을 알았다. 나는 목적지에 가까이 왔음을 확신했다.

"여기서 손필드는 얼마나 멉니까?" 내가 말을 돌보는 사람에게 물었다.

"들판을 가로질러 2마일만 가면 됩니다. 부인."

나는 과수원의 낮은 벽을 따라서 천천히 걸어가다가 모퉁이를 돌았다. 바로 거기에 문이 있었다. 문은 돌들이 둥그렇게 쌓여 있는 두 개의 둘 기둥 사이에 있었는데 목초지 쪽으로 열려 있었다. 한 기둥 뒤에서 나는 저택의 정면 전체를 조용히 엿볼 수 있었다. 나는 조심해서 머리를 앞으로 내밀었다. 어느 방이든 침실 창의 블라인드가 아직 걷혀 있는 곳이 있는지 알고 싶어서였다. 흥벽과 창문, 긴 건물 전면, 이 모든 것이 내가 있는 안전한 곳에서부터 한눈에 들어왔다.

내가 이렇게 살피는 동안에 까마귀들이 나를 지켜보면서 내 위를 날아갔다. 나는 까마귀들이 무슨 생각을 하는지 궁금했다. 까마귀들이 처음에는 내가 아주 신중하고 소심하다고 생각했을 테지만, 나는 점점 대담해지고 무모해졌다. 나는 엿보다가 한참을 빤히 쳐다봤고, 이어서 숨은 곳에서 나와서 목초지 쪽으로 나섰다. 그러다가 나는 대 저택 앞에서 갑자기 멈춰 서서는 오래 그곳을 응시했다.

나는 위풍당당한 저택을 주저하면서도 반가운 마음으로 바라보았는데, 검게 그을린 잔해가 보였다.

나는 문기둥 뒤로 웅크릴 필요가 없었다. 정말 그랬다! 문이 열리는 소리가 나는지 들을 필요도 없었다. 잔디와 땅은 뭉개졌고 폐허가 되어 있었다. 정문은 텅 비어서 열려 있었다. 내가 꿈에서 한 번 보았듯이 저택 정면은 벽처럼 아주 높았지만 또 아주 약해 보였다. 유리창 없는 창들로 구멍이 뚫려 있었고, 지붕도, 흉벽도, 굴뚝도 없이 모두 박살이 나 있었다.

그리고 그곳에는 죽음의 고요가, 인적이 드문 황야의 고독이 있었다. 이곳으로 내가 편지를 보내도 답장이 오지 않은 게 당연했다.

나는 여관으로 돌아갔다. 주인이 직접 객실로 내 아침을 가져다주었다. 나는 그에게 문을 닫고 앉으라고 요청했다. 몇 가지 물어볼 게 있다고 했다. 하지만 그가 그러겠다고 하자 나는 어떻게 말문을 열어야 할지 알 수가 없었다. 나는 듣게 될 대답에 대해서 공포감이 들었다. 내가 막 떠나온 황량

한 풍경이 내게 어느 정도는 고통스러운 이야기에 대비하게 했다. 중년의 주인은 품위가 있어 보였다.

"당연히 손필드 저택을 아시겠지요?" 마침내 내가 간신히 말을 뗐다.

"예, 부인. 저도 한때 거기 살았었죠."

"그래요?" '내가 살던 때는 아니었군요. 처음 보는 얼굴이니까요.' 하고 나는 생각했다.

"로체스터 씨의 마지막 집사였어요." 그가 덧붙였다.

마지막이라고! 나는 피하려고 했던 충격을 최대로 세게 받은 것 같았다.

"마지막이요!" 나는 숨이 턱 막혔다. "로체스터 씨가 죽었나요?"

"저는 지금 계신 나리, 에드워드 씨의 아버지를 말씀드리는 겁니다." 그가 설명했다. 나는 다시 숨을 쉬었다. 내 피가 다시 흘렀다. 에드워드 씨—나의 로체스터 씨 (하나님, 그가 어디 있든지 그를 축복하소서!)—가 최소한 살아 있음이 확실했다. 요컨대 "지금 계신 나리"라고 했으니 말이다. 기쁨을 주는 말이다! 그가 무덤에 있지 않으니 나는 그가 영국의 대척점, 오스트레일리아나 뉴질랜드에 있다고 해도 참을 수 있다고 생각했다.

"로체스터 씨가 지금도 손필드 저택에 살고 있나요?" 물론, 나는 대답이 어떨 것임을 알았지만 그가 진짜로 어디에 있는가 하는 직접적인 물음은 미루고 싶었다.

"아니요, 부인. 오, 아니에요! 그곳에는 지금 아무도 살지 않아요. 당신께서는 이곳에 처음 오시는 것 같군요. 그렇지 않다면 지난 가을에 벌어졌던 일을 들었을 겁니다. 손필드 저택은 완전히 폐허지요. 막 추수를 할 때쯤에 불에 탔어요. 끔찍한 재난이었어요! 그렇게 엄청난 값어치 있는 재산이 다 파괴되다니. 거의 가구 하나도 건지지 못했을 겁니다. 불이 한밤중에 나서 밀코트에서 소방차가 오기 전에 건물이 다 거대한 불길에 휩싸였어요. 아주 끔찍한 광경이었어요. 저도 직접 보았지요."

"한밤중이요!" 나는 중얼거렸다. 그래요, 그때는 손필드에서는 죽음의 시간이었어요. "어떻게 불이 시작되었는지 알아냈나요?" 내가 물었다.

"사람들이 추측했지요, 부인. 추측이요. 확실히, 저는 의심을 넘어서 확인된 사실이었다고 말씀드려야겠군요. 당신은 아마도 모를 겁니다." 그가 자기 의자 끝을 탁자 쪽으로 당기면서, 낮은 소리로 말했다. "그 집에 한 부인, 미치광이가 하나 있었지요."

"저도 그런 이야기는 들었어요."

"그녀는 거의 갇혀 있었다고 합니다. 그리고 몇 년 동안은 사람들이 그녀가 거기에 있었는지조차도 확신하지 못했어요. 아무도 그녀를 보지 못했거든요. 그냥 그런 사람이 저택에 있다는 소문만 들었지요. 그리고 그녀가 누구이고 어땠는지는 추측하기가 어려웠어요. 사람들은 에드워드 씨가 그녀를 외국에서 데려왔다고 말했고, 어떤 사람들은 그녀가 그의 정부였다고 믿었어요. 그런데 아주 괴상한 일이 일 년 전에 일어났어요. 아주 괴상한 일이었죠."

나는 이제 내 자신의 이야기를 듣게 될까 봐 두려웠다. 나는 그에게 중요한 사실을 상기시키려고 애를 썼다.

"그래서 그 여자는?"

"그 여자는요." 그가 대답했다. "로체스터 씨의 아내였음이 밝혀졌어요. 아주 이상한 방향으로 밝혀졌지요. 저택에 한 젊은 여자, 가정교사가 있었는데 로체스터 씨와……."

"그런데 불은," 내가 말했다.

"그때, 불이 났을 때 로체스터 씨가 집에 있었나요?"

"그래요, 거기에 있었지요. 위층, 아래층 모두 불에 탔을 때 그분이 다락방에 올라갔어요. 하인들을 침실에서 데리고 나오고 그들이 내려오는 것을 도왔어요. 그리고 다시 들어가서는 미친 아내를 독방에서 데리고 나오려고 했죠. 바로 그때 그 여자가 지붕에 있다고 사람들이 소리쳤어요. 그녀는 흉벽 위에 서서 팔을 흔들면서, 사람들이 1마일 밖에서도 들을 수 있을 정도로 크게 소리쳤어요. 저도 제 눈으로 직접 그녀를 보고, 또 소리도 들었지요. 그녀는 길고 검은 머리에 덩치가 아주 컸어요. 우리는 그녀의 머리칼이 불길에 흔들리는 것을 보았어요. 저와 몇몇 사람들이 더 목격했는데, 로체스터 씨가 채광창을 통해서 지붕으로 올라갔어요. 그분이 '버사' 하고 부르는 소리를 들었어요. 그분이 그녀에게 다가갔는데, 그때 그녀가 소리를 지르고는 확 뛰어 내렸어요. 그 다음 순간, 그녀는 보도에 부딪혔지요."

"죽었나요?"

"죽었죠! 아아, 돌에 부딪혀 그녀의 뇌와 피가 다 흩뿌려져서 죽었어요."

"어머나!"

"아주 끔찍했죠!"

그가 몸서리를 쳤다.

"그리고 그 다음에는요?" 내가 재촉했다.

"그게, 부인, 그 다음에 저택은 완전히 타 버렸습니다. 지금은 단지 약간의 벽만 남아 있지요."

"또 다른 사람들이 죽었나요?"

"아니요. 어쩌면 그러는 게 더 나았을지도 모르지요."

"무슨 말씀이세요?"

"가엾은 에드워드 씨!" 그가 외쳤다. "어떤 사람들은 그게 그분이 첫 번째 결혼을 비밀로 하고 아내가 살아 있는데도 다른 사람을 아내로 맞으려고 한 것에 대한 정당한 심판이라고 말합니다. 하지만 저는 그분을 측은하게 생각합니다."

"그분이 살아 있다고 말하는 거예요?" 내가 소리쳤다.

"예, 그래요. 그분은 살아 있어요. 하지만 많은 사람들이 그분은 죽는 게 나았다고 생각해요."

"왜요? 어떻게요?" 나는 피가 다시 어는 듯했다. "그분은 어디에 있나요?" 내가 물었다. "그분이 영국에 있나요?"

"아, 그게, 그분은 영국에 있지요. 그분은 영국 밖으로 갈 수가 없어요. 제 생각에 그분은 지금 몸을 못 움직이십니다."

이 말이 얼마나 고통스러웠던지! 남자는 그것을 오래 끌 작정이었던 것 같았다.

"그분은 아주 눈이 멀었어요." 마침내 그가 말했다. "그래요, 그분, 에드워드 씨는 아주 눈이 멀었어요."

나는 더 나쁠까 봐 두려웠었다. 그가 미쳤을까 봐 두려웠었다. 나는 어렵게 힘을 내서 어떻게 그에게 그런 재난이 일어났는지 물었다.

"그게 다 그분의 용기와 한편으로는 또 그분의 친절함 때문이었지요, 부인. 그분은 모든 사람이 자신보다 먼저 집 밖으로 나갈 때까지 집 안에서 나오지 않았어요. 로체스터 씨가 흉벽에서부터 힘껏 뛰어내린 뒤 큰 계단을 마침내 다 내려왔을 때 엄청나게 큰 굉음이 났고 모든 게 무너졌어요. 사람들이 그분을 잔해 속에서 구조했는데, 사시기는 했지만 심각하게 다치셨어요. 기둥이 무너져 내려서 어느 정도 그분을 보호하기는 했지만 기둥에 한쪽 눈을 맞으셨고, 한쪽 손은 으스러져서 의사 카터 씨가 곧바로 절단해야 했죠. 남은 다른 쪽 눈에는 불이 붙었어요. 그래서 그쪽도 시력을 잃었지요. 지금 그분은 정말로 아무런 희망이 없으세요. 장님에 불구가 되셨거든요."

"그분은 어디에 계세요? 그분은 지금 어디에 사세요?"

"펀딘에요. 농가에 영지를 하나 갖고 계시지요. 여기에서 한 30마일 됩니다. 아주 고적한 곳이지요."

Chapter 24

마침내 나는 걸쇠만 채워져 있는 정문으로 들어가서 울타리로 둘러쳐져 있는 마당 한가운데에 섰다. 마당의 나무들은 반원을 그리며 치워져 있었다. 그곳에는 꽃도, 화단도 없었다. 단지 넓은 자갈길만 잔디가 깔린 땅을 둘러싸고 있었다. 집 앞면에는 두 개의 뾰족한 박공이 있었고, 창문은 격자를 달았고 좁았다. 앞문도 역시 좁았다. 나는 한 걸음을 그곳으로 옮겼다.

"이곳에 누가 살 수 있을까?" 내가 말했다.

그렇다. 어떤 생명체가 있었다. 움직이는 소리가 들렸기 때문이다. 그 좁은 앞문은 열려 있었고, 어떤 형체가 농가에서 막 나오려 하고 있었다.

문이 천천히 열렸다. 어떤 형체가 어스름한 햇빛에 나타나서 계단에 섰다. 모자를 쓰지 않은 남자였다. 그는 마치 비가 오는지를 알아보려는 듯이 손을 앞으로 뻗었다. 황혼에 나는 그를 알아보았다. 그 누구도 아닌, 바로 나의 주인 에드워드 페어팩스 로체스터였다.

그는 계단을 내려와서 천천히 손으로 더듬으면서 잔디로 나아갔다. 성큼성큼 걷는 그의 대담한 걸음걸이는 어디로 갔는가? 그는 잠시 걸음을 멈추더니 손을 들어서 자신의 눈꺼풀을 들었다. 그는 오른손을 뻗었다 (그의 절단한 왼쪽 팔은 가슴에 숨겼다). 그는 자기 주변에 어떤 형체가 있는지 손을 만져서 알아내고 싶은 듯했다. 그는 포기하고는 팔을 접었다. 그러고는, 모자도 쓰지 않은 그의 머리에 이제는 빠르게 떨어지는 비 사이에서 조용히, 아무 말없이 서 있었다.

응접실은 음울해 보였다. 그의 늙은 개 파일럿이 한쪽에 누워 있다가 비켰고, 무심코 밟힐까 봐 두려운 듯 몸을 사렸다. 내가 들어가자 파일럿은 귀를 쫑긋 세웠다. 그러더니 소리를 지르고 끙끙거리며 뛰어 올랐다가 내게로 껑충 달려왔다. 파일럿은 내 손의 쟁반에 거의 닿을 뻔했다. 나는 쟁반을 탁자에 내려놓고, 파일럿을 쓰다듬으며 부드럽게 말했다. "누워!" 로체스터 씨는 무슨 일인가 하고 기계적으로 돌아보

앗다. 하지만 아무것도 볼 수 없기 때문에 그는 다시 원래대로 돌아가서는 한숨을 쉬었다.

"메리, 물을 주시오." 그가 말했다.

나는 반만 채운 컵을 들고 그에게 다가갔다. 파일럿은 여전히 흥분해서 나를 따라왔다.

"무슨 일이야?" 그가 물었다.

"앉아, 파일럿!" 내가 다시 말했다. 그는 물을 입술로 천천히 가져가다가 소리를 들은 듯했다. 그가 물을 마시던 컵을 내려놓았다. "메리, 당신이 아니오?"

"메리는 부엌에 있어요." 내가 대답했다.

그는 재빠르게 손을 움직였지만 내가 어디에 서 있는지는 보지 못했고, 나를 건드리지 못했다. "누구요? 누구요?" 그는 볼 수 없는 눈으로 보려고 애를 쓰는 듯 물었다. 소용없고 고통스러운 시도였다. "대답하시오. 다시 말하시오!" 그가 급하고 큰 소리로 명령했다.

"물을 좀 더 드시겠어요, 나리? 제가 컵의 물을 반이나 쏟았거든요." 내가 말했다.

"누구시오? 누구요? 누가 말하는 것이오?"

"파일럿이 나를 알아요. 존과 메리도 내가 여기 있는 것을 알아요. 나는 오늘 저녁에 왔어요." 내가 대답했다.

"이런! 내가 무슨 망상에 사로잡힌 거야? 어떤 달콤한 광기에 사로잡힌 거야?"

"망상도, 광기도 아니에요. 당신의 정신은 망상에 사로잡히기에는 너무 강하고, 광기가 들기에는 너무 건강해요."

"그렇다면 말하는 사람은 어디에 있는 것이오? 단지 목소리만 있는 것이오? 아! 볼 수는 없지만 느껴 봐야 하오. 아니면 내 심장이 멎고 머리가 터질 것이오. 무엇이든, 당신이 누구든지 간에 만져 볼 수 있어야 하오. 안 그러면 난 살 수가 없소!"

그는 손으로 더듬었다. 나는 헤매는 그의 손을 잡아서 내 두 손으로 꼭 쥐었다.

"그녀의 손가락!" 그가 소리쳤다. "그녀의 작고 가벼운 손가락! 그렇다면, 그녀가 더 있을 것이오."

그의 근육질의 손이 내 손 안에서 빠져나와서 내 팔과 어깨, 목, 허리를 잡았다. 그는 나를 끌어안았다.

"제인이오? 누구요? 이것은 그녀의 형체, 그녀의 몸인데."

"그리고 이것은 그녀의 목소리예요." 내가 덧붙였다. "그녀의 전부가 여기에 있어요. 그녀의 마음도요. 그대에게 하나님의 축복이 있기를! 다시 당신 곁에 있게 되어서 나는 기뻐요."

"제인 에어! 제인 에어." 그는 이 말뿐이었다.

"나의 사랑하는 주인." 내가 대답했다. "나는 제인 에어예요. 내가 당신을 찾아냈어요. 당신께 돌아왔어요."

"진짜요? 진짜 육신으로요? 나의 살아 있는 제인이오?"

Chapter 25 – 결론

나는 그와 결혼했다. 우리는 조용하게 결혼식을 치렀다. 그와 나, 그리고 목사와 서기만 참석한 결혼식이었다.

세인트 존이 이 소식을 어떻게 받아들였는지 나는 모른다. 내가 보낸 편지에 그가 답장을 안 했기 때문이다. 그러나 어쨌든 육 개월 뒤에 그는 로체스터의 이름을 언급하거나 나의 결혼을 암시하는 말은 전혀 없이 내게 편지를 보냈다. 그의 편지는 평온했지만 매우 진지하고 정성이 담겨 있었다. 그 이후로 빈번하지는 않았지만 정기적으로 편지를 보내왔다. 그는 내가 행복하기를 바라고, 내가 하나님 없이 오직 땅의 것들만 보고 사는 사람이 아님을 믿었다.

이제 나는 결혼한 지 십 년이 되었다. 이 땅에서 내가 제일 사랑하는 사람과 전적으로 그를 위해서 사는 것이 무엇인지 나는 안다. 나는 최고의 축복을 받았다. 왜냐하면 나의 남편과 그의 삶이 완전히 나이기 때문이다. 어떤 여인도 나보다 더 자기 남편에게 가까이 있을 수 없을 것이다. 전적으로, 그리고 언제나 나는 그의 뼈 중의 뼈요, 그의 살 중의 살이니까. 우리는 영원히 함께이다. 우리 두 사람은 함께 있음으로써 혼자 있을 때 느끼는 자유와 여럿이 있을 때 느끼는 즐거움을 동시에 누릴 수 있었다. 우리는 하루 종일 대화를 한다고 나는 믿는다. 나는 전적으로 그를 신뢰하고, 그도 나를 완전히 신뢰한다. 우리는 성격이 정확히 맞고, 그래서 완벽하게 일치한다.

로체스터 씨는 우리가 결혼하고 난 뒤 첫 이 년 동안 계속 눈이 보이지 않았다. 아마도 바로 그렇기 때문에 우리가 그렇게 가깝고 친밀하게 연결되었던 것 같다. 왜냐하면 내가 지금도 그의 오른손인 것처럼 그때는 내가 그의 눈이었기 때문이다. 말 그대로 나는 그가 애지중지하는 그의 눈동자 (그가 종종 나를 그렇게 불렀다)였다. 그는 나를 통해서 자연을 보고, 책을 읽었다. 나는 그의 편이 되어서 바라보고, 들과 나무, 마을, 강, 구름, 햇살 등 우리 앞에 펼쳐진 풍경과 우리 주변의 기후에 대한 느낌을 말로 표현하고, 빛이 그의 눈에 각인시킬 수 없는 것들을 소리로써 그의 귀에 새겨 주는 일에 결코 싫증이 나지 않았다. 그에게 책을 읽어 주는 것이 결코 지치지 않았다. 그가 원하는 곳으로 그를 안내하고, 그가 원하는 일을 그 대신 하는 것에 결코 싫증나지 않았다. 내가 대신 해 주는 것에 슬픔이 있음에도 불구하고 가장 완전하고, 가장 아름다운 기쁨이 있었다. 그가 고통스러운 수치심이나 낙심을 주는 굴욕감 없이 그 일들을 요구했기 때문이다. 그는 나를 진정으로 사랑했기에 내가 끼어 들어와 도움을 주는 일을 꺼려 하지 않았다. 그는 내가 자신을 몹시 애정을 갖고 사랑한다는 것을 느꼈기에 내가 하는 대로 그냥 두는 것이, 나의 달콤한 소망들을 충족시켜 준다는 것을 알았다.

나의 에드워드와 나는 행복하다. 다이애나와 메리 리버스도 둘 다 결혼했다. 번갈아 가면서 일 년에 한 번, 그들이 나를 보러 오거나 내가 그들을 보러 간다. 다이애나의 남편은 해군 대령으로 용맹한 장교이자 선한 사람이다. 메리의 남편은 성직자로, 메리의 오빠의 대학 친구이다. 그녀들의 남편인 피츠제임스 대령과 와튼 씨는 자신들의 아내를 사랑하고, 아내에게 사랑을 받고 있다.

세인트 존은 결혼하지 않았다. 지금으로서는 앞으로도 결혼하지 않을 것이다. 지금까지 그는 충분히 힘들게 일해 왔고, 그 노고가 거의 끝나가고 있다. 그에게서 온 최근 편지에 나는 인간적인 눈물을 흘렸고, 아직도 나의 가슴은 신성한 기쁨으로 가득 차 있다. 그는 자신이 받을 확실한 보상과 썩지 않는 면류관을 기대했다. 다음번에는 낯선 사람이 내게 편지를 써서 착하고 충성된 종이 드디어 주님의 기쁨에 참여

하게 되었다고 말하게 될 것을 나는 안다. 그러한 소식에 왜 눈물을 흘리겠는가? 죽음에 대한 두려움이 세인트 존의 마지막 시간을 어둡게 하지는 못할 것이다. 그의 마음에는 구름이 끼지 않고, 그의 가슴은 흔들리지 않으며, 그의 소망은 확고하고, 그의 믿음은 변하지 않을 것이다. 그 자신의 말이 이것을 보증한다.

"나의 주님께서 내게 예고하셨소. 그분은 날마다 더 분명하게 알려 주시오. '내가 곧 가겠다!' 하고 말이오. 그러면 저는 매시간 더 간절히 대답하오. '아멘. 오십시오, 주 예수님!'"